河出文庫

復讐
三島由紀夫×ミステリ

三島由紀夫

河出書房新社

◉目次

復讐

――三島由紀夫×ミステリ

サーカス

椅子にもたれて片手には葉巻をくゆらし、団長は、片手の鞭のさきで空《くう》に丸や三角や四角をえがきながら黙っていた。

こんな時は彼の怒っている時である。彼は酷薄な人と、また、残忍な人といわれた。彼の残忍のなかをつよく生きぬいてゆく人々を彼がいかに烈しく愛するか、知る者はすくなかった。彼が死ねと言えば彼の団員は誰でもたちどころに死ぬのだった。サーカスの天幕の高いところでは赤い髑髏《どくろ》をえがいた彼の旗がはためいていた。

彼はむかし大興安嶺に派遣された探偵の手下であった。R人の女間諜の家へ三人の若い探偵が踏み入った。地雷が爆発してその三人の若者と女間諜は爆死した。が、女間諜のスカートの切れ端と、一人の若者の帽子とが、一丁ほどはなれた罌粟《けし》の花畑に見出だされた。死んだ若者を、当時十八歳の団長は「先生」と呼んでいたものだ。形見の帽子をかぶって泣く泣く日本へかえってきた。

やさしい心根をもつゆえに、人の冷たい仕打にも誠実であろうとする。誠実は練磨された。ほとんど虚偽と見まがうばかりに。

人間の心に投機することによって彼は富み偉大になった。心の相場師だ。曲馬団長にふさわしい彼ほどの男はみつかるまい。

——二ヵ月まえ、彼は地元の親分に仁義を切りに行って夜おそくかえった。自分の天幕をあけてはいると、少年と少女があいびきをしていた。団長は物も言わず二人の腕をねじ上げた。顔をよく見た。見覚えはなかったのだ。

口笛にこたえてPがあらわれ、二人を団長から引取った。

「どこのどいつだ」

「団長、大道具係でさ」

「不敵な奴だ」

団長は嬉しそうにあくびをした。

「ちょっと待て」とPを引きとめた。

少年の掌をとらえてつくづく見た。

「貴様は馬に乗ったことがあるな」

「ヘエ」

「何をやっていた」

「馬丁をやってました、帝国乗馬で」

「フムフム……。おい、P公。阿魔《あま》には酢を三升呑ませろ。小僧は一日中クレイタ号に縛《くく》りつけろ」

悍馬《かんば》クレイタ号をあやつる者はかつてなかった。きのうは一人の女騎手が頸を折った。棚からおちた陶器の人形のように。

日々の興行がはねると、腹心のPはきまって団長のところへ飲みに来た。あの小僧と阿魔っちょは物になりそうですと彼は告げた。綱渡りの少女が足をふみ外す。あたかも馬の背に立って馬を御しつつその下まで来た少年が少女の体を抱きとめて舞台を一ト まわりする。大当りは確実だ。少年のやや品位ある顔だちのため彼を「王子」と仇名して喝采を得ようとPは申し出た。団長はうなずいて、大きなうつくしい金貨をPの手に落とした。

半月《はんつき》で二人は舞台へ出た。

一ト月で二人は人気者になった。

団体の仏蘭西《フランス》語学校の小学生たちは興奮して二人にキャラメルを投げかけた。彼らのちいさいポケットのなかで溶けていたキャラメルは少女の髪に果実のようにぶらさがった。そのため髪は獅子のように重たく、アマゾンの女兵のようなたけだけしい美しさを加えた。

団長は二人をこよなく心に愛していた。しかし新参者としてあたえらるべき折檻《せっかん》をゆるめさせることはなかった。その折檻がはげしければはげしいほど彼等の生き方には、サーカスの人らしい危機とその日暮しと自暴自棄の見事な陰翳がそなわるであろうと思われた。

——観客への挨拶をすませて退場すると、団長は幕のかげから舞台を見ているのを常とした。

煙草のけむりと人いきれとで、場内は金いろの靄《もや》にとざされていた。数千の観衆は荘厳に見えた。すべての上に汚れた暗い広大な空間があった。そこはサーカスの人々の宇宙であり、かれらはその空間のどこにでも、即座に身をもって煌《きら》めく星座を架けるのだった。天幕から入る風のために、その空間ははためき黒々とふくらみ遊動していた。深海魚のように、銀紙と色ブリキで装うた男女が時々この空間高く訪れた。そのとき深海のおぼろげな群集からは、人の耳にいたましい歓喜のどよめきがのぼって来た。

この高い場所では奇蹟はふしぎな節度と礼譲をもって行われた。装うた半裸の男や女は、一瞬神のように美しくもつれ合った。そうして後《あと》には、暗い長大なブランコが、その高みの澱《よど》んだ時間を怠惰に運びながらゆれていた。――いつまでも。

天幕の最も高いところにある破れから海が見えるはずだが、見た者はなかった。見た者はなかったが、月の夜は海のおもてが鯖《さば》のように青く光るといわれた。その破れから月影は時折りさし入った。日曜の夜興行の折りなど、高く飛来した女の莫大小《メリヤス》の胸もとはほのかに白く透《す》くのであった。

楽隊が急に甲高い喇叭《ラッパ》の音《ね》を立てた。

今や少年少女は舞台へ出た。

少女は、花やかな縫取のある紗のスカートを何枚もかさねていた。素足のさきには銀いろの靴が危険な美しさをもって煌めきつづけた。少年は王子の装いをし、星型の小鏡をちりばめた紫天鵞絨《ビロード》のマントを羽織っていた。甲冑《かっちゅう》とみせた銀糸の軽装に、胸には紋章の緋の百合を示していた。

二人は手をつないで走り出ると、ミイムの身振りで、かわいらしく挨拶した。

観客はきちがいじみた嗚咽《おえつ》をあげて喝采した。観客たちの瞳が人間のやさしさの涙で濡れているのを団長は見た。

Pは黄と黒の横縞のジャケツの肩をそびやかして、得意そうに団長の背中をつついた。

団長は答えなかった。彼もまたお客とそっくりの放心した表情をうかべ、口をなかばあけていたからだ。彼の瞳は人間が人間を見るときのやさしさで潤んでいた。

二人の出奔を聞いたとき、団長の心は悲しみの矢に箆深《のぶか》く射られた。心ひそかに彼がねがった光景、——いつかあの綱渡りの綱が切れ、少女は床に顛落し、とらえそこねた少年は落馬してクレイタ号の蹄にかけられる有様——、団長の至大な愛がえがいていた幻影は叶えられなかった。団長は椅子にもたれて不幸や運命や愛について考えた。彼の唇は怒りにふるえて来た。

彼は葉巻を捨てた。鞭も捨てた。

彼が天幕を出ると近東風の月が、荒涼たる空地と散在する芥の山と暗い天幕の聚落の間からのぼって来た。獅子の昂ぶった咆哮が、夜空に揚る松明《たいまつ》のように森々《しんしん》とひびき、東には港の海が、月を浴びた濃密な照り返しを星空へと投げかけていた。サーカスの大天幕は、轟く夜にみちあふれて傾斜しているようにみえた。

すると門をとおって三人の人影が団長のほうへ歩いて来た。まんなかの背の高い男はPだった。彼は両腕に少年と少女の手をしっかりとって逃げないようにして歩いていた。

「駈落者をふんづかまえて来ましたよ」

「ご苦労だった──。ご苦労だった」

「こいつら、港のそばの木賃宿《きちんやど》で宿賃の催促に音《ね》を上げていたんでさ。どこへずらかろうにも汽車賃ひとつもっていないのを、あっしはこの目でちゃんと睨んでおいたんでさ」

「フム、ご苦労だった。ご苦労だった」

団長はいおうようない憎しみの眼差しで、この年少の裏切者を、卑怯者、日向《ひなた》の犬のような怠惰な幸福にあこがれた脱走者の顔をのぞき込んだ。しかし彼は上目づかいの卑屈な表情をそこに見出ださなかった。その代りに彼は見出だした。まぎれもない流竄《るざん》の王子の面影を。

頬紅の跡のある頬、荒れた唇、乾草のような髪、古手拭のような色あせたネクタイが、ふしぎに沈静な美しい額を際立たせた。彼の目は団長のかつて知らない、──それもそのはずサーカスの団長は逃亡することなどできはしない──、さまざまな逃亡の記憶にかがやいていた。逃亡というものが未知のいかにも高貴な行為のように団長には思われる。嫉《ねた》ましさから暗鬱な低声《こごえ》になった。

「今度だけはかんべんしてやろう。しかし今度逃げようとしたら命はないものと思え。P公、こいつらには罰に七つ八つ鞭を喰わせてやれ。ああそれからP公、話があるからあとで俺の天幕にやって来てくれ」

たった二日の休演で、また人気者は舞台に出た。

サーカスは大入りだった。天幕を支える十二本の大鉄柱がグラグラ檣《ほばしら》のように揺れはじめたほど。

かれらは冥府から訪れた群集のように身動《みじろ》ぎすらしなかった。声一つ立てなかった。しかし一つの演技がおわると、呪縛《じゅばく》が解けたようにざわめき立った。

王子と少女はいつものとおりミイムの身振りで挨拶して、左右にわかれた。少女は縄梯子《なわばしご》をのぼって行った。少年はクレイタ号にとび乗った。

クレイタ号が、焔のようにいきり立っているのを人々はみとめた。そのために今日の曲芸に常にまさる活気が加わるだろうと期待した。

事件というものは見事な秩序をもっているものである。日常生活よりもはるかに見事な。

クレイタ号の狂奔にも人々はそういう秩序の或る強度のあらわれをしか見なかった。

少女が綱を渡りはじめた。

綱の真下に来て少年はいつものように馬の背に立ったまま突然手綱を引いて馬を止め

た。そのときクレイタ号はあらぬ方を向いていた。だしぬけに手綱を引かれて鬣を逆立てた。荒々しい息吹とともに躍り上った。

その一瞬の、後足で立った奔馬《ほんば》の姿勢に、人々は運命のまわりに必ずあるあの装飾的な華麗な静けさを見出だした。それはどんな酸鼻《さんび》な事件をも見まもっている鏡の周辺に、巧みな工人の手で飾られた古いヴェニスの浮彫《レリーフ》のような静けさだ。

王子は砂の上に横たわっていた。頸骨を折って。

楽隊が突然止んだ。

観客は総立ちになって舞台へなだれ込んだ。

誰一人見ていなかった。大天幕の高みの、ゆれている綱の上の綱渡りの少女を。

彼女は知っていた。彼女はこの暗い、星一つないぼろぼろの天空から、煙草と人いきれの靄を透かしてすべての生起を克明に眺めていた。眺めていたというより知っていたという方が正確だ。下を見たら最後、彼女は足をふみ外さないわけにはゆかなかったから。彼女のちいさな銀の靴の危険な煌めきが、あとわずか振幅を増せばよかった。彼女はらくらくとこの危険な作業からのがれられるはずであった。彼女は少年の体の上に折重なって落ちかかるはずであった。

しかし少女は短かい紗のスカートを微妙にふるわせながら、なおしばしこの苦しい生の均衡に耐えていた。

彼女はとうとう渡りおわった。しかもそれははじめて渡りおえられた綱渡りであった。叫びあい押しあっている群衆は、彼女のこの最初の、見事に完成された曲技を見てはいなかった。ただ団長一人が幕のかげから、彼を団長と気づかない人の奔流に小突かれながら、少女の完全無欠な綱渡りをまじまじと見上げていたのだが。

少女は綱の一端の足場に立って、今渡ってきた綱が暗い動揺をもってゆれやまないのを見た。そのとき下方の群衆がつくっている輪の真央《まんなか》に、少年の胸の見馴れた緋の百合が、一瞬まぶしくきらめいて彼女の目を射た。

少女は足場からちいさな銀の靴の片足を、ちょうどプールへ入るときそうするように、この暗いどよめいている空間へさし出した。それからその足にそろえようとするかのように、もう片足も。

——何も知らない群衆の頭上に、一つの大きな花束が落ちて来た。

サーカス全体が祭のような悲劇的な興奮の中にあった一夜が明けると、Pはしたり気《げ》な顔をして団長の天幕を訪れた。団長は顔を洗っているところだった。Pはその濡れている耳に口をおしつけて早口に言った。

「警察のほうはうまくごまかしましたぜ。『王子』の靴の裏へ油を塗っておいたことと、クレイタ号に興奮剤を注射しておいたことと」

――団長は上機嫌をかくせない苦《にが》い顔で、Pの掌が支えきれないほどの金貨を袋から落としてやった。

空になった袋をはたきながら、

「貴様は全く見下げ果てた奴だ。こんな立派な仕事をしておいて金をもらって、その仕事を卑しいものにしてしまうのだからな」

Pは卑屈な笑い方をした。そんな卑屈な笑い方に対して、団長が、まだ見たこともない苦渋に充ちた共感の表情をうかべたのをPは気づかなかった。

「ともあれサーカスは終ったんだ」と団長は言ったのである。「俺もサーカスから逃げ出すことができるんだ。『王子』が死んでしまった今では」

――そのとき天幕の外に蹄の音がきこえてきた。

Pが窓をあけた。

朝の光りのなかを一頭の縞馬《しまうま》が荷車を引いてとおる。荷車には粗末な柩《ひつぎ》が二つ積まれ、王子と少女の名が不細工に書かれてあった。そのあとからぞろぞろと女猛獣使やピエロやブランコ乗りの行列がつづいた。

団長はポケットにつと手を入れて細い黒いリボンで結《ゆわ》えた菫《すみれ》の花束をとりだすと、かつて熱狂した小学生たちが少女の髪にあの溶けたキャラメルを投げつけたように、手で勢いをつけて、それを二人の柩の上へ投《ほう》った。

毒薬の社会的効用について

出世美談ほど有益で健康で推賞すべき種類の書物があろうか。ここには人間社会の進歩や理想主義的情熱に関するさまざまの聴くべき教訓がある。ここにはまことに人生の詩がある。ホーマーが見落とした最もホーマー的主題——今や唯一の叙事詩的主題——であるあの「成功」が、これらの書物のうちに思うさま輝かしい翼をひろげて羽搏いている。ここには人間がいきいきと呼吸し、笑い、悲しみ、憤り……、要するに「足を地につけて」歩いているのである。最近の出版物の八七%が成功者の伝記であるという事実は注目に価する。私の書棚の八割以上を占めるものも、あるいは香水王の、あるいは大政治家の、あるいは紙屑王の、あるいは大賭博場主の、あるいは競馬王の、あるいは大百科辞典編纂者の……夥《おびただ》しい伝記類なのである。その中に唯一冊X氏なる匿名の人物の、もっとも花々しくもっとも真率な伝記が、私の愛読書になった。これは一九九八年初版でこの一九九九年までに三十五万六千二百十二版を重ねたのである。X氏の記述は五十年前の氏の二十四歳の年からはじまる。ねがわくは本書の紹介が、青年諸兄への誠実たぐいなき助言として役立たんことを！

一九四八年の春、X氏は彼自身の悪時代の中にいた。第二次世界大戦後の神経病的な混乱が、いわば出血はとまりかけても化膿のはじまった一時期だ。一九四八年という年を思い出すと彼は今でも背中がかゆくなるように厭わしく感じるのだ。なぜといえば、あの時代には本当の足は義足にみせかける必要があり、あくびをしたら今のは悲鳴であると弁明する必要があり、薔薇にはかならず小便をかけねばならず、（なぜなら悪臭を放たない薔薇は造花とまちがえられる危険があるから）、自動車が来たら轢《ひ》かれる真似をせねばならず、（なぜなら犠牲者になることは彼自身に背徳的、見物衆には道徳的満足をもたらすから）、合言葉にこたえるに合言葉をもってする必要があり、青年が二人寄れば真昼間から口角泡を飛ばしてかの「観念の猥談」に耽るのであったから。（まことに猥褻さの本質は何ものでもない。「過剰」ということに他ならないのだ。）

おまけにそこにはもう一つ厄介な代物があった。Zeitgenosse と大旗を立てた天幕が街の角々にあるのだった。そこを通る人は、天幕の前に立って、一瞬間でもよい、一世一代のしかめっ面《つら》を演ずる必要がある。すると同時代人《ツァイトゲノッセ》と彫った小さな銀鍍金《めっき》のバッジをくれる。そこまではよいが、このバッジをつけたが最後、会員同志は、（おお、何とぞっとすることだろう！）ペデラスティーを行なう義務があるのだ。いわゆる「独逸《ドイツ》友情」という奴だ。

彼は逃亡した。しかしX氏の逃げ方はまちがっていた。彼は生きようとしたのだった。これは叛逆罪に相当する。

丸ビルを見たまえ、あそこには生活が渦巻いている、と彼は信じた。乳母車やラッシュ・アワーの地下鉄やタイプライターの騒音や日曜日毎に干される派手な蒲団や月給袋やカーボン・ペイパアや上役の媒酌であげられる結婚式や、そうしたものにこそ生活があるという有りふれた謬見が彼をとらえた。X氏もまた時代病の逆症状を呈していたのだ。たとえていえば、彼の症状は、ベートーベンをきいてあっけらかんとしていながら、ラジオ体操の音楽（一九四八年当時、すでにそんなものはなかったが）をきくと涙を流すという調子だ。彼は「結婚」という言葉をおそれていた。この言葉を聞くと彼は癲癇《てんかん》をおこすのだった。この言葉には、百万長者の名前のような、荘厳と醜悪と美しさと厭わしさがあったのである。

そんなこんなで、彼は「さあ生きよう」と思い立った。この国一のNという大銀行に採用された。そこには今造られたばかりの、海のような匂いのする紙幣が流れていた。人々は指さきでカルタを切るように巧みに数え、目前を流れてゆくこの我物ならぬ紙幣のゆくえを眺めやっては、「ああ生活！　それは素晴らしい！　あれらの紙幣はどんなに豊饒な生活の海へ流れてゆくことだろう！」と呟く。ここにも生活はないのか？　昼休みのベルが鳴る。所員たちは帳簿を勢いよくパタンと閉じ、ペンを捨て、弁当を小わきにはさみ、揉手《もみで》をしながら昇降機へ殺到する。最上階、そこに呪わしい大食堂がある。人々はたべながらひっきりなしに喋る。田中絹代の顔にオデキが出来たそうですな。――これは一昨日のT新聞に出ていたのだ。――そうらしいですな。しかしY博士が一日で治してみせたそうですな。――これは昨日のT新聞に出ていたのだ。

X氏はたちまち排斥と黙殺の中に身を置かれた。当然の成行だ。もし「生きている」彼らの中へとびこんで、「私は死ぬのだ」とX氏が叫んだとしたら、万雷の拍手がこれにこたえたであろうものを。X氏は言ったのである。「僕は生きようとしてここへ来たんだ」――気むずかしい合意の沈黙が彼に報いた。

引抜いたカルタをちらと見てから、それはやめて別のカルタを引抜く奴は、ルールの違反者に他ならぬ。いわんや、その男が、「いや僕はこれを取ろうとしたんだ」とぬけぬけ言い添えるにおいてをや。カルタの人々は、眉をあげ、一見親友らしい忠告とみえる断々乎たるフェアプレイヤアの口調で言った。生きているものを何故その上に「生きよう」となんかするんだね？　そんなことをする男の顔つきの浅ましさがわからないのかね？　――かくして孤独者に対する、あの伝染病患者を取扱う手つきを彼らは学んだ。

X氏にまたしても日曜日が訪れた。それは怖ろしい。それは使用法を誰も知らない危険な玩具だ。

一人彼は憂わしい鉄柵のそそり立つ旧恩賜動物園の門へ足を向けた。樹々は静かに身を揺らし、あの典雅なワットオ風の木蔭を歩道に落としていた。腕を組んだ中学生と女学生が通りかかった。通りすぎると、X氏は肩から呪いの唾《つば》を鋪道に吐き捨てた。呪いはもっとも親密な感情だからである。年に似合わず、X氏の洋服は無地の黒サージ、ネクタイはお祖父様の伯林《ベルリン》土産、靴は礼服用なるエナメルを塗った編上であった。この確乎たる天才の頭は、顱頂部《ろちょう》の異常な聳立《しょうりつ》によって帽子をかぶるに適しなかった。――それはともあれ、あたりは日曜日の匂いで一杯だった！　遠足の一隊を集合させようと、小学校の先生が呼笛《よびこ》を鳴らしていた。先生たちは動物園の門を、まだ中でぐずぐずしている一年生どもを引張りだすために、忙しげに出たり入ったりしていた。すでに整列させられている一年生どもはまたぞろ列を乱して、歩道から車道の浅い溝へと、両足をそろえて跳び下りたり跳び上ったりして打興じていた。

彼は昨日得た月給の中から一枚の真新しい十円札を抜き出して切符を買った。さし出された彼の繊細な白い手を、切符売子は胡散《うさん》くさげに見つめたのである。その白い手は、毒殺者にのみ似つかわしいものであったから。一瞬売子の心を、このような手を持つ危険人物は動物園に入場せしむべからず、という規則の有無に関する省察が横切ったが、竟《つい》にはビジネスの精神が勝を制して、彼女は免罪符を授けるように十分厳そかに切符をさし出した。子供、父親、母親、恋人同志、新聞記者、以外にはめったやたらに授けてはならぬ免罪符を。——こうして売子は、彼女自身気づかずして、償いがたい罪を犯したのであった。彼女のほつれた靴下に禍いあれ!

X氏の眼前には不可思議な別世界が展開された。われわれの逸楽から鳥や獣類の背景は失われて久しい。もはや生捕られた猛獣の憂わしい咆哮が、恋人たちの眠りを脅やかすことはない。もはや牝獅子の匂いが、孔雀の羽搏きや夜鶯の囀《さえず》りと相連れて、恋人たちの逢曳《あいびき》に一役買うこととてはない。快楽の重要な背景が、よりいっそう快楽の意味に親炙《しんしゃ》しているかもしれない子供たちの専用物になったのである。しかもここ、子供たちの「無憂宮」には、葉叢のきらめきのような彼らの歓声や、高く悲しげな水禽の詠唱や、獣たちの断続して聞かれる叫び声にもかかわらず、奇妙な静寂、積木の宮殿の中庭を思わせる静寂が支配していた。X氏は立止り、しばらくこの静寂の匂いを嗅いだ。この静けさには何やらん衛生学的なものがあるではないか。彼が愛した丸ノ内ビルディングやN銀行にも訪れる深夜を非人間的な密度で占める静寂と比較すれば、ここには明らかなもう一つの特質、すなわち在不在によって左右される真に陸離たる特質があるではないか。不在によって確かめられる人間的な沈黙、今彼自身の唯一の感受が可能にしているある意志的な沈黙があるではないか。実体の徒《あだ》なる模索に憑かれた精神を、先験的な実在の、聖なる施療病院の寝床に目醒めさせる衛生学的な静寂が。……彼はもう一度息深く嗅いでそこかしこを眺めやった。遠方《おちかた》から漂い寄る微《かす》かな憂鬱な獣の匂いが、葉叢をそよがす風のなかに、さながら海の匂いに似たものを焚きこめていた。それはたちまちにしてあの刷りたての紙幣の匂いを想起させた。これこそは生活の薫りではないのか？

X氏は快活な身振をした。彼は檻から檻へ、ひとつひとつに顔を押し当てて、悪戯小僧どもがまじまじと見上げる不審の眼差にも今は臆せず、鳥や獣の世に稀なる高貴な顔立を見て歩いた。

濠洲産カンガルー。――有袋目はオーストラリヤ・ニューギニヤおよびその附近に棲息していて、犬・猫その他に似た各種に分れていますが、皆母親のお腹には袋があって、わずか母の胎内に四十日くらいしかいないので、生まれるとすぐその袋の中で育てます。

——この礼節に富んだ営みよ！

白孔雀は閑雅な歩みを運び、駱駝《らくだ》は煙った目で見下《みくだ》すように観衆を見るのであった。荘厳な、この羽毛をむしられて焙《あぶ》られた巨大な雛鳥のような、古ぼけた駱駝は、青い檻のなかを、いかにも実体のゆるやかな転移のさまを示して歩いていた。火鳥《エミュー》は英吉利《イギリス》人の老嬢のようであった。

猿も、白鳥も、X氏に物言わぬ連帯の感情をそそることにおいて同様だった。言葉がないおかげで、就中《なかんずく》あの悲しむべき人間の心にもない笑いがないおかげで、互譲の精神が・交通規則が・あのねばっこい同時代人の意識がないおかげで、明らかにX氏と動物たちの間には互いに湧き上る男々しい連帯の感情が交感し、そこに今こそ明々白々な、「社会意識」の生まれるのが、（何ら言葉を経ることなしに）、X氏には触知されたのである。

しかし二三日して無慈悲な省察が彼によみがえった。この哀れな夢想家を間断なく脅やかすものは、（哀れむべきかな！）、常に、より深い夢想ではなく、より浅い夢想なのであった。彼は銀行の昼休みに、ふと通りすがりに瞥見した廻転扉《ドア》に映る自分の顔に、ある不快な衰頽の兆を見た。周章狼狽して彼は洗面所のもっと明確な（そして浮薄な）

鏡の前へ走り寄った。いわば彼の健康の唯一の例証である「生きようという意志」、彼の健康を占う頰の肉附のようなものが、今や消え去らんとしてためらっているのが見られた。彼が生きるよすがとした唯一の外面、すなわち「生きようとする者」の英雄的な表情がおぼつかなくなりつつあるのではないか？　これは大変！

彼は病気の原因を、念入りに、細心に、精密に、会計検査のように調べまわった。支出に粗漏はなかった。しかし収入の一部に、この内省家の誇るべきレントゲン光線が、あるかなきかの病竈《びょうそう》を探りあてた。何と！　忌わしい病的な観念が巣喰っていたのである。

帳簿を伏せると、彼は鉄筆でその顱頂の秀でた頭を掻いた。それから両手で深く頭を抱え、事務机に映っている真昼の電燈の投影をみつめながら憂鬱な瞑想に耽った。

――「動物園においてしか社会意識が感じられない」なんて、ああ、怖るべき不健康な観念が僕に巣喰ったもんだ。僕の衰頽はそれが原因にちがいない。明白にそうだ。ああ、こんな病的な観念が、唯さえ僕に冷淡な同僚たちに見破られでもしたらどうなることだろう！　何という前科を僕は持ってしまったことだろう。僕の今までのあらゆる生活の夢想と熱望にとって、こんな観念は、何という汚辱、何という冒瀆、何という矛盾だろう。

殺す?

——彼は戦慄して顔を上げた。給仕が茶を運んで来たのであった。

——僕の内心は、今「殺す」と言ったぞ。何の意味合いでそれが言われたのか? 動物園へ行って、最も僕が親愛の情を感じた動物を殺せと言うのか?

それにしても「殺す」とは、あまりにも非生活的な行為ではないのか。……そうもいえまい。殺害と薔薇の栽培をごっちゃにしてしまってはいけない。殺害という行為は、殺される対象の生活へのほとんど自殺的な介入だ。まして殺される対象が、あの不健康な観念の対応物なら、僕には部分的自殺が可能になるわけだ。すなわち僕の内部に巣喰う不健康な観念だけの自殺が。

——突如として彼は顔をあげ、今目覚めたもののように、快い寝起きの感情で自堕落にも肯定した。

——やはりこの一見不健康な「行為の私生児」も、生活的行為の一種に他ならないのだな。名目は立ったぞ。毒をもって毒を制すだ。勇気とは……(彼は少し躊躇した。)……多分……、要するに、諺《ことわざ》を信じるということなんだ。

かくてX氏は、次の日曜の人稀な薄暮の動物園へ、今日は色褪めた乳白色の間《あい》外套に身を固め、時刻も閉園間近いことを告げ顔の昏然たる木蔭の鋪道を横切って近づいた。西空は華やいでいた。その果肉のような空の肌色は、地上の風景に微細画《ミニアチュール》めく効果を与えた。ひとり憂わしい門の鉄柵は、華麗な夕雲や園内の鬱蒼とした巨樹の木叢《こむら》に対して、ちょうど一基の竪琴のような配置に身を置いていた。それが置かれている音楽的効果も、正しく憂わしい竪琴のそれであった。

　彼は十円札を出して切符を買った。切符売子は半ば居睡りをしていたのか？　それとも犯罪者に往々微笑《ほほえ》むあの悪意ある幸運のお蔭をもってか？　さし出された毒殺者の白い手はまたしても見抜かれなかった。そしてまたしても——免罪符が渡された。

　この薄暮の動物園の物好きな訪問者は、懐中深く劇毒の致死量を蔵《かく》し持っていた。言わずと知れた黄白色の、悪徳そのもののように繊細巧緻な結晶は、錫製の容器に納められ、彼の内隠しに蔵《しま》われていた。また彼の外隠しには、毒薬を挿入して与えるための数個の麪麭《パン》が入っていた。

　木蔭には紛う方ない夜がにじみ出てはいたものの、広闊な檻や鳥類の金網の中は明るかった。しかし暮色におびえる物哀しい咆哮や叫喚は、森のそこかしこへ稲妻なりに反響を伝えた。彼はまずかの愛すべき優雅なカンガルーの檻へ近づいた。

　カンガルーはちらと不快な猜疑の流し目で彼を見た。たちまち跳躍が彼を遠ざけた。

しなやかな背筋の光りをX氏の視界に残して、（賢明にも！）カンガルーは奥まった暗いねぐらへ跳び入ると、……さて二度と現われなかった。

「そうだ、はじめから僕はカンガルーなんかに愛着を感じてはいなかった」とこの犀利な自己洞察家は呟いた。

　彼は白孔雀《くじゃく》の檻へ移った。孔雀は全くの暗黒が訪れぬうちに明日に備えてその瑰麗な衣裳を点検しようとしてか、あるいは今一度わが艶姿《あですがた》に見惚れようとしてか、檻の一隅でひとり燦然たる尾羽根をひろげていた。夕日の光芒があたかもこの一角へ残《のこ》んの征箭《そや》を射かけている最中だったので、幾百の白い焔の象徴画は孔雀の尾羽根を、燃えさかって凍結した華麗な火事のように見せていた。——しかしX氏の跫音《あしおと》を聞きつけるや、この贅沢な扇は瞬時に小気味よく畳まれて駈け去った。

　狐も！　大鹿も！　白熊も！　多くの猿も！　白鳥も！　駱駝も！　あらゆる禽獣はX氏を避け、彼を拒んだ。あたかも彼等はX氏の懐にある物と、その卑しむべき意図とを見抜いたかのように。

　息もたえだえに羽搏く噴水のかたわら、X氏は冷ややかな石造のベンチに腰を下ろしてあの異端の寂寥に身を慄わした。今こそ彼の認識は、彼自身の理不尽な殺意の原因を、たまたま彼がここ子供らの「無憂宮」に最も人間的な安住の地を発見したことへの畏怖そのものだと知るのであった。このような心弱い畏怖が彼をそそのかし、このような心弱い殺意が今彼をして、またしても彼自身の安住の地を喪わせたのであった。もはや今日以後、未来永劫、X氏は、「その取りて造られたるところの土を耕す」他はないのである。

しかし仕立卸しの、新機軸の、古今独歩の、とにかく無類の新らしい夜がこのときX氏を動物園外部で待ち設けていようとは、そこを出るまで誰が知ろう。彼は動物園を出、かつて味わった実在の摩訶不思議な薫香のたゆたいを聴きながら、（それはおそらくあたりの夜の若葉から流れ出るもののようであった）しばらく夕闇の中を歩み進んで、燦然たる市街の燈火を見下ろす陸橋の上に立った。

ああ、生活よ！　と彼は呼びかけた。

これまでおまえに対してとった奇矯な態度も罵詈《ばり》雑言《ぞうごん》も、甘ったるい佞《へつ》らいも優柔な微笑も、すべてはつまるところおまえを愛するあまりにしたことだ。僕を許しておくれか？

——すると、夕闇に包まれた市街の深いどよめきの中からは、諾という快い反響が形づくられ、それらの無数の燈火は一せいに受諾のしるしの目ばたきをするように思われた。X氏は、（恥ずべきかな）、黒サージの肱を石の欄干に押しつけて感涙にむせんだ。

しかし、このとき人あって、彼の肩を叩き、これら思いがけない生活の受諾が、ひとえに彼の内かくし深く蔵《かく》された毒薬のためだと教えたら、それでもなおかつこの涙脆い内省家は泣きつづけたであろうか。

その夜、彼は自棄半分で訪れたあらゆる享楽の場所で、いたるところから彼に向かって押し寄せる親近を湛えた眼差を読みとった。それは人類特有の、今まで彼がその存在を露ほども信じえなかった生温かい人類愛の表現であり、人を惑溺させるに足る同類の感情であった。なお怖るべきことは、この親近感は金目当てではなかったことだ。(誰が彼の風采から何らかの富の観念を聯想したろう)。彼はいったい何らかの対価を持っていたのか！　しかるに薄気味わるく親密な夜の女は、何一つ享楽の代価を要求しようともしなかった。

明る日N銀行へ出勤してみて、X氏はまた一驚を喫した。彼を迎える同僚の視線がちがっていた。そこには不健全な媚態《コケトリー》にみちた社会連帯の意識が輝やいており、すべてが彼を同類とみとめるかの同一原理の支配下へ彼を誘《いざな》った。彼は歓迎され、あらゆる話題に好意ある社会的微笑で報いられた。彼の判断は真面目な賞讃をもってとりあげられた。これらはすべて、何らの対価もなく、おそらく何らの原因もなく、全く単なる恩恵のようにしてその日以後動かしがたくX氏に与えられた。

何日か経って、明確な意識が彼に判断を迫った。動物園で出会ったあの素気ない動物たちのあしらいと、何もかもが正反対のこれら現象をどう解釈すべきか？　あの夕べから何が私の存在の中で入れ替ったのか？　あの夕べから外部社会にはじまった動物園的雰囲気――しかも最初に彼が動物園で感受した静寂とは似て非なるもの――はいったい何事か？

彼は夜の鏡に向かって上着を脱ごうとした。内かくしに触れたとき、忘却が押しやられた。ささやかな錫の容器（劇薬を納めた！）が、彼の毒殺者にふさわしい白い手にとり出された。

「この毒薬のおかげだ」

突如として彼は叫んだ。それに応えるように、彼自身の意志ならぬ悪魔的な哄笑が、彼の声帯からこの深夜の部屋の隅々へ響き渡った。

動物たちと同様に、人間どももまた、彼の懐の毒薬を嗅ぎ当てたのだ。金高を嗅ぎ当てる人間独特の習性からしてそれは造作もないことではないか？　そして彼等は、価値の低落した紙幣よりも、さらに痛切に、さらに貪欲に、毒薬を欲するのだ。彼の殺意が彼等を魅了するのだ。彼等は毒殺されたいのだ。そのために彼等の社会へ、彼はあらゆる暗黙の媚態で迎えられようとしているのだ！

何たることだ。彼等は「生きようとする人間」の意味を多分はじめて認識しえた。それが殺意という、かの大衆的な大時代《おおじだい》な形態をとったので。――それを見るなり、生きている人間どもは、彼等の生活それ自体、あまりにも実体そのものに他ならぬそれを見捨てたのである。毒殺されようとする欲望が彼等の存在の新しい形態、彼等の存在理由になったのである。

X氏は修正の必要を感じた。生活は――、無いのだ。もろもろのビルディングに充満しているのは、あれは毒殺されたいという欲望だ。

――すでにこうした発見が可能とされたその夜には、X氏は護符として一生それを肌身から離さぬ決心を迫られていたほどに、他ならぬ毒薬のおかげであの生きている人々の群に迎えられ、一個の為《な》す有る社会人として完成し、同一原理内部の輝やかしい成功の幻影に憑かれていたのであった。彼はもはや孤独を捨て去り、一点非の打ちどころない社会的人間に成長していた。おどろくべく急速な成長、おどろくべく急速な死である。成功は毒殺者の上に襲いかかった。彼は富み、結婚し（もう癲癇は起こさなかった）、児女を挙げ、国家的また社会的なさまざまの名誉の保持者となり、慈善に熱中し、尊敬と同志愛と異性の愛とでいたるところべちゃべちゃとつけまわされ、肥満し、罪のない持病を得、老い、今は食後の休息のような安楽な死を待つばかりになった。一生肌身を離さなかったあの毒薬ももはや不要であった。しかしその捨て場所に彼は難渋した。できるだけ社会に裨益《ひえき》するような捨て場所を！　できるだけ社会の福祉となるような捨て場所を！

不安は奇体に人の顔つきを若々しくする。ある夜、永い思索の果てに、この吝嗇な老人は、そのような捨て場所の不安から脱れるべく極めて有利な結論に到達した。

「自分で呑むのだ！」

彼は皺畳んだ手で胸をくつろげ、青年時代の懐かしい熱情が固く縛《いまし》めた小さな錫の小《こ》筥《ばこ》をさぐりあてた。彼の手は年老いてもなお白く美しかった。劇毒の効能も衰えなかった。かくて享年七十五歳にして、立志伝中の人、毒殺未遂者、X氏は初心を貫徹した。

果実

ねもころに右手《めて》に肌着をおしひらき彼女《かれ》われにあたたかの甘やかの胸を示しぬ。生《しよう》ある番《つが》いの雉鳩をば、おほん女神へ献ぜんさまにもさも似たり。
ピエェル・ルイス「ムナジディカの胸」

昭和二十二年の十月に逸子《いつこ》は弘子《ひろこ》を招いて、それまで独り寄宿してきた田園調布の伯父の家の離れで共同生活をはじめた。すでに春ごろからしばしば弘子はこの家に泊った。伯父夫婦はなんら怪しまない。逸子と同額の部屋代を支払うことを弘子は申し入れてそれを実行した。時流に遅れた著書がもはや売れない老いた法律学者の伯父も、見るからにぼんやりした働らきのない伯母も、むしろ進んで彼女等の同棲に賛同した。

離れというのは母屋から独立した五坪のアトリエでありこれに附属した四畳半と厨《くりや》である。戦死した画家志望の長男のために建てられたものである。伯父夫婦がこのアトリエに近づくことさえ嫌っているのは、長男の戦死ののち、たまたまアトリエの家相が鬼方を犯していることを知って以来である。迷信的恐怖ではなくて、悔恨を怖れる心持であった。

アトリエの中は小気味よく片附いていた。清潔で明るく、不意の客にも間誤《まご》つかない不断の用意がある。外貌にはほとんど似通ったところがないが、逸子も弘子も潔癖に近い清潔好きの点ではよく似ていた。潔癖な人間にはかえって何事もピンセットで扱うことに習熟したようなある鷹揚さ、緩慢さが備わるものだが、この二人の挙止にも、どことなく気倦《けだる》そうな慎重さが共通していた。

逸子は年上で、未婚がそろそろ人前に憚られる年齢である。大柄な体つき、眼鼻立ちの明瞭すぎる大柄な美貌、手足も大きくて舞台へ出たら目立ちそうに思われる。歩くときにやや大振りに肩をゆする癖がある。骨董が好きで由緒の知れない李朝まがいの壺や翡翠《ひすい》を買う。神戸の汽船会社の父親から毎月潤沢な小遣が送られて来るのである。

弘子は小柄で無口で、顔の造作もちまちまとしている。ひどい貧血質なので、頬は草いろに近い。それだけに頬紅や口紅が陶器に塗ったようにあざやかに見える。近眼だが、眼鏡を掛けることを嫌った。

二人は私立の音楽学校の声楽科へ通っていた。

同棲の生活は一年ちかくつづいた。翌年の夏の一日《いちじつ》、暁闇のアトリエに逸子が坐っていた。深夜に眼がさめてから寝つかれない。四畳半の蚊帳《かや》には身に一糸を纏わぬ弘子が眠っている。逸子は浴衣《ゆかた》を羽織って、そのかたわらから身を離すと、小一時間もアトリエの椅子に凭《もた》れたまま、脱いだ片方のスリッパを足の指でつまみ上げて、それを定めなく闇に揺らしながら、脈絡のない思案に耽っていたのである。

蚊帳の中からけたたましく逸子の名が呼ばれる。眼をさました弘子は裸のまま寝床に坐っていた。しなやかな肩がスタンド・ランプの逆光を受け、にじんだ汗に暗い光輝を帯びて、激しく上り下《さが》りして息づいている。逸子が一刻もかたわらに居ないと、弘子は恐怖に息もつまりそうな思いがするのである。この一年が二人の立場を、言いかえれば、二人の孤独に対する恐怖感を顚倒させてしまった。

「どこへ行っていたの？　お姉様（弘子は時たま逸子のことをこう呼んだ）どこへ行っていたのよ。私を置いて行ったら、私すぐ死んでみせるわ。死ぬのなんか、何でもないわ」

逸子は狡そうにしばらく黙っている。狡さからではない。弘子の熱意に圧服され出した息苦しさと、なお弘子を失いたくない未練との板挟みになっているのである。後者が前者より力の弱いものだとは断言できない。沈黙を蚊の羽音が物憂げな重みで充たした。

「どうしたの。どうして黙っているの」――弘子は苛立って言う。「私をもう愛していないの？　赤ちゃんをいつ下さるの？　私が欲しがっているものなんかどうだっていいの？」

「私だって欲しいのよ。眼がさめてしまったら寝つかれなかったから、今その事を考えていたのよ」

「もうじき夏休みね。私、夏休みまでに欲しかったのに」

逸子はもとの椅子に還って深い吐息を洩らした。弘子のところからは浴衣の白いたたずまいが見えるにすぎない。やがて熱く重い嘆息のような逸子の声が、暁闇の窓のほうへ独言《ひとりご》つのがきこえる。

「もうじき夏休みね」

霊感といおうか、この一つの奇想が、たまたま二人の心にほとんど同時に生まれたのは、一ト月ほど前のことである。

破綻《はたん》はこの年の春から来た。破綻という言葉が当らないなら、飽和状態というべきである。極度に愛し合って、しかもその一風変わった愛が袋小路のような梗塞《こうそく》された構造をもっているので、愛し合えば愛し合うほど足掻《あが》きがとれなくなる。その愛は本質的に堕落を知らない。堕落を知らない愛の怖ろしさは、決して外《はず》れを知らない賭事があるとすれば、そういう怖ろしさである。終りがないのだ。逸子が時折り自分たち二人の生活を絵の中に塗り込められた生活だと考えるのは、アトリエに起居していることの自然な聯想であるが、絵具の膠《にかわ》が画中の人物を放恣な姿勢の磔刑《たくけい》にかけたので、部屋のそとでも二人の女は磔刑にかかっている人間の特質を微妙に示した。歩くときの二人の指はいつも絡み合ったまま離れない。断末魔の叫喚のようなけたたましい笑い声を立てる。時によると、喪心の体《てい》で小一時間ももものを言わずに坐っている。それでいてこうした生活は、それが日ましに重荷になり、日ましに厭《いと》わしいものになってゆくのをどうすることもできない。

四月半ばに学校友達が二人を花見へ誘いに来たことがある。たまたま弘子が風邪で伏していた。逸子は誘いを断わり、客を送り出してドアを閉めた。忘れ物の煙草入れに気づく。客のあとを追って出ようとすると、寝床の中から弘子が狂暴な眼つきで「行かないで！」と叫ぶ。本心は病人の私を置いてお花見へ行きたいのだろうと厭味を言う。逸子は黙ったままアトリエに還って、煙草入れから他人《ひと》の煙草をとり出して喫《の》んだ。無意識の動作である。――枕に顔を伏せて泣き出した弘子はこれを見なかった。知らずに喫み出した煙草が他人の所有物だと気づいたとき、逸子は一瞬間、深い澄明な闊達の心持を味わった。弘子に気づかれぬように用心しながら、深々《ふかぶか》と吸った。ありふれた和製の煙草である。それがこれほど旨く感じられるとは何事であろう。しかしこの感情をつきとめることは恐怖のためにできかねた。ただこの時以来、お互いの愛がお互いに恐怖を与えもする所以《ゆえん》を覚《さと》ったのである。

　六月のはじめのことである。二人は日比谷へ映画を見に行って、そこを出ると薄暮であった。逸子と弘子の足並みはいつも合う。言い合わすでもなく、日比谷公園の門内へ足が向いた。空は明るいが樹立ちの下陰はもう夜なのである。路傍の水道管が破裂して溢れ出した水溜りが夕雲を映している。それがこの木下闇のせいで一そう明るく花やいでみえる。道を右に折れて花壇のある一劃へ出た。芝生の中央にそそり立った蘇鉄《そてつ》が暗い。薔薇やダリヤの繁茂しているかたわらに、空いたベンチがあったので腰を下ろした。

　二人は身を寄せ合い、指をからめ合ってじっとしている。神妙に、誰かにそうせよと強いられたようにいつまでもそうしている。他のベンチの男女の恋人たちの姿態が明らかに二人を追いつめているのだが、それを承知で追いつめられ、肩身を窄《せま》く扱うことが快いといった風である。不意に弘子が歔欷《きょき》に近い不明瞭な鼻声を洩らして、逸子の肩に頭部を凭《もた》せた。髪の感触が逸子の頸筋を戦慄させた。

「どうしたのよ」逸子が正面を向いたまま故《こと》ら《さ》無感動に訊く。

「どうもしないわ」

「変な人ね」

「お姉さまもね」

めまぐるしく花壇を縫って自転車の曲乗りをしている少年がある。そのワイシャツの白さばかりが眼に際立つほどに暮色が濃い。二人の女はまた沈黙に返って深い吐息をした。耳は習慣的な肉慾の鼓動を聴いているが、眼は疼くような倦怠に熱ばんでいる。二人は現在めいめいの考えていることが「死」以外の何ものでもないことを見抜き合っていたのである。

微かに車輪のきしむ音が接近した。弘子は逸子の肩から頭をずらしてその方を見た。乳母車であった。多少身幅に合わないワンピースを着た阿媽《あま》が、暮色に急ぐ気配もなく、そこかしこの恋人同士に気怯《きおく》れする風情もなく、悠長とも自堕落ともとれる様子で車を押して通るのである。弘子に促されて逸子も乳母車へ視線を転じた。

車が二人のベンチの前を緩やかに行った。嬰児は額に金髪の捲毛を載せて眠っている。睫《まつげ》は深く、しかも眼尻や口もとには、日本人の嬰児には見られない正確な陰翳を包んだ彫琢《ちょうたく》の線がある。体は幾重にも薄いろのケープで包まれている。夢見心地に車の縁《へり》へさしのべた手が言いようもなく可憐である。それを見るうちに弘子の眼は輝いた。逸子の眼も、暑さに萎えた草がにわかに水を灌《そそ》がれたように、活気を帯びて潤んだ。

「まあ、可愛い!」

二人の女は異口同音に叫んで顔を見合わせた。純粋な喜悦に心を貫かれ、愛を混えない共感の表情を見交わした。何という共感であろう。何ヵ月ぶりで、逸子と弘子は分け隔てのない心を、怖れ合わない心を、裸かの心を再び近づけ合うことができたのである。遠ざかる乳母車を見送って二人は身動きもしない。乳母車は樫の木蔭へ隠れた。二人は眼ざめた。そして完全な欠乏を、言いかえれば、ある完全な飢渇を二人の間に感じた。

弘子は一ト月のあいだ、赤ちゃんが欲しいと言い暮らした。逸子はまたもや受太刀になって、この不可能な熱望を持てあました。この世には明確な掟がある。女の力だけで子供を生むことができないという掟もその一つである。しかし依然逸子と弘子は、男という男を毛嫌いしていた。理由は一つ、「男は不潔だから、」である。彼女たちの清潔好きは、熱望する赤ん坊でさえが女の児であることを希った。「女は清潔だから」である。

音楽学校では、逸子と弘子の慎重すぎる身の持し方から、かえって秘密が友達の間に嗅ぎつけられていた。気づかれているとは毫《ごう》も思っていないその鉄面皮《てつめんぴ》な慎重さの方が、犯している罪そのものよりも、かえって許すべからざるものと人の眼に映った。罪というものの謙虚な性質を人は容易に恕《ゆる》すが、秘密というものの尊大な性質を人は恕さない。友達は寄り寄り友情に充ちた懲罰の方法を考えた。

梅雨の季節である。初年級の発声法の練習が、別館の窓から苛立たしく聴かれる。弘子は会う人ごとにこう言うのである。

「私、赤ちゃんが欲しいわ。どうしてだか赤ちゃんが欲しくてたまらないのよ」

逸子は、そういう時、楽譜鞄を胸に抱えて、非難の微笑を湛えて、眼覚《おどろ》かされた人のようにじっと弘子の方を見る。その様子を空怖ろしいと友達が言う。友達は逸子の嫉妬だと、また、二人の仲が冷却して弘子は男を欲しがっているのだと誤解した。この誤解にももっともな節がある。弘子のあけすけな熱望は、人が本心を隠してものを言う時のような誇張された闊達さで言われたからである。

「赤ん坊がほしいというのは男がほしいということじゃないの」

「裏を掻いて、ご注文どおりに赤ん坊を恵んでやりましょうよ」

「どこかに要らない赤ちゃんは居ないこと」

要らない赤ん坊を探すのに難儀はなかった。一人の生徒が間違えて生んでしまった女の児をもてあましていた。


夏休みの最初の日に逸子と弘子は外出《そとで》からかえってアトリエの鍵をあける。四畳半の窓が開いている。訝《いぶか》りながらアトリエに灯をともす。すると、卓の上に楕円形の籠に入れられた嬰児が眠っているのを見出した。

二人の女は気違いじみた叫びをあげて籠にのしかかった。嬰児が眼をさまして愕《おどろ》いて泣き出した。もともと泣き疲れて眠ったのである。歯が漸《ようや》く生えかけた口は、咽喉もとから煮え立つような泣声を立てる。二人はかわるがわるその頬をさすり頤《おとがい》をさすった。逸子が笑うべきことをした。汗臭いというので、赤ん坊の体を包んだガアゼに愛用の香水をふりまいたのである。二人の女は忘我の時をすごした。小息《こや》みなく嬰児は泣き立てていた。泣き止ませる術《すべ》を二人は知らない。弘子が嬰児の胸に耳をあてる。動悸がきこえる。

「生きてるわ！　生きてるわ！」

弘子が叫んだ。また頬ずりをする。二人の女の口紅で嬰児の胸は真紅《まっか》になった。

奇蹟をやすやすと信ずるたちの弘子なので、今起こっていることの原因をたずねて見ることはしない。逸子も次第にその狂おしい確信に惹かれ、制肘《せいちゅう》されている。それが不条理な判断を迫るのである。この嬰児は私たち二人の間に生まれた子に相違ない、という判断を。

不幸な嬰児は、やがて乱暴な取扱いに体がしびれて、声は立てずに、微かな不平らしい歔欷だけを洩らして二人を見比べた。

逸子はさめかけた眼で嬰児をみつめている。彼女は非難を、また憎悪の予感を感じる。

骨張った、女にしては大きな掌を嬰児の背中へさし入れた。一方の手でガーゼを腹のほうへ剝いだ。そして髪が頰のほうへ垂れてくるのを搔き上げもせずに、嬰児の体に見入った。やがて安心したような冷静さで言った。

「女の児だわ」

弘子は狂喜した。そして言ったのは怖ろしい言葉である。逸子はこれをきいて心ならずも悚懼《しょうく》した。弘子はこう言ったのである。

「それなら確かに私たちの子だわ」


夏の毎日は、二人にとって異常な速度ですぎた。逸子の伯母が育児の諮問に与《あずか》った。二人は夜の目も寝ずに授乳に気を配った。牛乳と重湯《おもゆ》の混合物が与えられた。一方、伯母の眼の届かぬところでは幼児の愛撫に羽目を外《はず》した。強烈な愛撫である。しかも一坊は二人の女の間に寝かされて、夜もすがら髪を撫でられるか頰ずりされるかしたのである。二人の女は嬰児の未来を夢みていた。矛盾のように思われる夢の内容は、幼児が成長して、美しい花嫁になって、他に比べようもない男の妻になることであった。女の夢はとどのつまりはこうなのである。

逸子も弘子も倦怠と死の誘いから完全に免かれ、安全な共感の中にいた。二人はもう一緒に家を出ることはない。買物にはかわるがわる出た。買物は主に玩具である。四畳半の天井には幼児の眼をよろこばす玩具がとりかえ引きかえ吊られていた。それらが一せいに廻転するまばゆさは、幼児の神経を惑乱させた。

晩夏の一日、赤ん坊は白い顆粒のある吐瀉物を吐いた。水分の多い下痢が数日前からつづいていた。しかし食慾は衰えない。逸子と弘子は栄養補充のために授乳の量を殖やした。嬰児は泣きつづけて止まない。時たま喪心したように眠りに落ちた。眠っている眼が心持ち釣り上ってみえる。呼ばれた医師は重篤《じゅうとく》な消化不良症という診断を下した。入院して三日目に嬰児は死んだ。

二人は黙りこくってその日その日を送った。夏が果てようとしていた。終日暑いアトリエに引き籠ったまま一歩も出ない。本を読むでもない。時々弘子が蹴つまずいたような調子で歔欷する。逸子は泣かない。逸子の悲しみは対象の知れない憎悪に似ていたのである。

一日、二人は旅に出ると言って伯母に留守を言い置いた。トランクを提げ、快活な面持ちで挨拶に来たのである。伯母は見送りもせずに玄関で別れた。二日のちに伯父が異臭を怪しんでアトリエを覗いてみると、二人は床に倒れて死んでいた。放《ほ》ったらかしの温室の中で熟み腐れた果実のように、すでに糜爛《びらん》がはじまっている。アトリエの天窓から注ぐ晩夏の劇しい日射しが、その時期を早めたのであった。

美神

R博士は独乙人《ドイツ》で、ライン流域のデュッセルドルフの人である。永く伊太利《イタリー》に定住し、

その夥《おびただ》しい著作の数は、古代彫刻の権威の名に背かない。

八十三歳の博士は今、臨終の床にある。しかし病褥に近づくことを許されているのは、美術愛好家の若い真摯な医者N博士一人である。

R博士の住居は、羅馬《ローマ》市ルドヴィシ通りにある。ここは古羅馬の都門を残すボルゲーゼ公園に近い閑静な一劃で、博士のアパートメントは四階の三部屋にわたっていた。

羅馬の五月は暖いというよりも、暑いと言ったほうが適当なほどである。強烈な明るさが遍満し、人々は街路樹の深い木蔭を選んで歩く。蜜柑水を売る者が町角に車を出し、空は終日雲の翳をとどめない。廃墟の上には夥しい燕がとび交わし、幾多の古い泉は豊かな清水を装飾の彫像の全身に浴せている。博士の住居の近くには羅馬の泉の源といわ

れるトリトンの泉がある。また名高いトレヴィの泉に、羅馬離京の前夜貨幣を投げる者は、生涯のうちに再び羅馬を訪《と》うめぐりあわせになるという口碑がある。

博士はこの泉に貨幣を投げたことは一度もない。その必要を認めなかったからである。羅馬を終生離れない運命を自ら選んでいたからである。

病室の窓には午後の日が真向《まつこう》から射している。日覆が下ろされて、室内は暗い。しかし枕許の水差の水はたちまち温《ぬる》み、博士の額には汗が拭われるそばから微かに滲《にじ》んだ。死に瀕している荘厳な顔は、強《こわ》い髯の中に埋《うも》れている。深い皺も、高い倨傲《きよごう》な鼻も、落ち窪んだ眼窩の底に微光を放っている瞳も、大地の起伏を圧縮したように静かである。近づいている死の兆《きざし》の、もっとも明瞭に刻まれた部分がある。それは胸の上に置かれた手である。弾力を失った静脈が、手の甲を縦横に走っている。汚斑《しみ》の多い白い皮膚がこの静脈の形を、無力に、しかし正確になぞっている。この形骸だけになった手の内部には、生命はすでに喪われているように思われる。

「もう一度見せてくれ。もう一度別れを言わせてくれ」

博士は痰の詰まった聴きとりにくい声でそう言った。N医師は、言葉を聴き分けずとも、博士の言わんとしているところが分る。

彼は病褥のかたわらの椅子を立った。壁際に寄せてある台座のところへ行く。台座の下には四輪の小さな車がある。彫像が押されると、車は絨毯の上を音もなく廻りだす。Nは自分の坐っていた椅子を除《ど》けて、その位置に車を止めた。R博士は瞳をめぐらしてそのほうを見た。

台座の上に坐っているのは、大理石のアフロディテの像である。十年前、ローマ近郊の発掘に当たって、博士がこの像を発見した。その発見は近代の奇蹟であった。像は羅馬国立美術館に納められた。十年来、週に一度、この大理石像に会うために老博士は美術館へ通った。病の篤いことをきいて、美術館は特例をもって、像に最後の対面をさせるために、それを博士の病室へ運んだのである。

室内の薄明のなかに、アフロディテの像は白い模糊たる形態を泛べている。右腕が失われているほかは、ほとんど完全に原型を伝えている。その目は羞恥のために半ば伏せられているが、それがあたかも病床の博士を、冷ややかに見下ろしているように見えるのである。

R博士は、手をさしのべて、あわただしく本の頁をめくるような仕草をした。死がせきたてているので、日頃の落着いた挙措は失われている。辛うじてこう言った。

「私の著書を、私の著書を……」

N博士はモロッコ革にフィレンツェの捺金の細工を施した大部の一冊をとり上げた。

「読んでくれ、百七十頁だ、早く」

N博士は若々しい声で、日覆のわきから洩れる光の下へ、ひらいた頁をさし出して、読みはじめた。

『…………………。

かくてわがアフロディテについて語る段階に至ったことは、著者の無上の悦びである。これこそは二十世紀に入って発見せられた希臘《ギリシャ》古典時代の唯一の傑作であり、優雅と品格において、クニドスのアフロディテに匹敵するものである。比類なき優婉は、一抹の神秘と悲哀を宿し、神聖と官能のえもいわれぬ一致は、プラクシテレスの原作たるを疑わしめない。これは羅馬時代の最上の模作であり、また今のところ、残された唯一の模作である。この無上の美については、ただわが目に見た者だけがこれを知り、いかなる言葉をもってしても、それが与える感動を他人に伝えることは不可能である。しかもローマの古い土中からこれを発見し、近代の人間にして最初にこの至上の美に直面した者の戦慄を想像されたい。

さて像の高さは、二・一七メートル……』

「そこまででいい。そこまででいい」

R博士は濁った叫び声をあげて、手をふって、朗読を中断した。

「次はS博士の著書を」

Nは書架を探して、とりだした一冊の埃を部屋の一隅で払った。日覆のはじから洩れる光は埃を舞わせた。

「儂《わし》のアフロディテの章を読むのだ。早く」

『……さてR博士の発見にかかるアフロディテは……』

「そこじゃない、背丈を読むのだ」

Nは不審気な顔を向けた。

「高さをですか」

「そうだ、早く」

『像の高さは、二・一七メートル』

「それでいい。今度はオクスフォード大学のE博士の著書を」

「やはり、高さだけを?」

「そうだ、早くしてくれ」

Nは次の一冊の頁を、窓のほとりで繰った。そして読みかけて、戦慄した。その数字が、あやしい呪文のように思われたのである。

『像の高さは、二・一七メートル……』

……R博士は目をとじてきいていた。ふいにこの瀕死の胸の底から笑いが湧いた。彼はふさがれた咽喉から、怖ろしい笑いを笑った。笑いは、はやくも屍臭にみちたような部屋の、黄ばんだ腐敗した空気をおしゆるがした。

N博士は駈け寄って、その手をとった。おちつかせようと試みながら、こう言った。

「博士、どうなすったのです。しっかりしてください」

「これが笑わずにいられるか、N博士」――彼はいいしれぬ嘲りと陶酔の表情をした。

「あいつら、ヨーロッパの一流の碩学どもは、私の著書からただ引用したにすぎんのだ。誰一人自分で測ってみた者はおらんのだ。

きいてくれ、N、儂のいまわの懺悔《ざんげ》だ。半世紀の間、儂は学究をもってきこえていた。儂の研究はことごとく精確だった。儂はあいまいな独断をにくみ、ペイタア流の甘い主観的な美学を憎んだ。儂の著書のどこをさがしても、一字の誤植でさえみつかるまい。……しかしこの儂が、一生に一度、自ら好んで過ちを犯したことがある。このアフロディテをごらん」

Nは薄明にひたされた、名状しがたい美神の横顔を目近かに見た。

「……わかるだろう。儂がこれを発見したときの愕《おどろ》きが。儂はこの美が公共のものたるべきを知っていたし、儂がまたそうなるように努力するだろうことを知っていた。だが、わかるか、N、最初の一瞥以来、儂はこのアフロディテの魅惑の虜《とりこ》になった。儂は彼女と個人的な秘密を頒ちたかった。どんな些《さ》細《さい》な秘密であれ、儂とアフロディテ以外、何ものも知らない秘密を頒ちたかった。……儂は咄嗟《とっさ》にたくらみをめぐらした。手ずからその高さを測った。像の高さは二・一四メートルあった。しかるに儂は、世界の学界へあまねく、三センチ多い尺数を公表したのだ。……そうだ、測ってみるがいい。そんな疑わしそうな顔をするなら、測ってみるがいい」

　R博士の顔は汗に濡れて、狂おしく紅潮した。

「机の上に物差しがある。細い三米弱の板がある。定規がある。像の足から直角のところへその板を立て、頭の頂点から地面に水平に引いた線が、その板にまじわるところにしるしをつける。それだけでいい。さあ、測ってみるがいい。早く……」

　N博士は言われたとおりにした。

　瀕死の者は、枕から頭を浮かせ、あえぎながら、この作業を見戍った。

「測れたな」

　R博士は言った。

「はい」

「何メートルだ」

N博士は物差しを丹念に見た。

「ちょうど二・一七メートルです」

「何?」

R博士は蒼ざめて、叫んだ。

「そんなはずはない。何かのまちがいだ。何をしている、もう一度はかるんだ」

Nは再び定規を手にして脚立へ上った。

「まだか」

死がすでに、R博士の後髪をつかんでいる。

「まだか」

「もうすこしです」

Nは脚立を下りて来た。

R博士は、蒼ざめて、はや頬が引きつっている。

「まだか」

「すみました」

「何米だ……」

「ちょうど、二・一七メートル」

　Nは故しれぬ恐怖に搏たれた。もしR博士が真実を語ったとすれば、像はおのずから三センチだけ育ったのである。

……しかし年若い彼はR博士の顔を冷静に眺めた。そこにはすでに錯乱の兆があり、この明白な錯乱のほうが、信ずるに易かったのである。

　R博士は、この世ならず美しいアフロディテを、半ば瞳孔のひらいた怖ろしい怨嗟《えんさ》の目でみつめていた。ようやく、途切れがちに、しかし十分毒々しく、こう言った。

「裏切りおったな」

　これが最後の言葉になった。

　R博士はこときれた。N博士はひざまずいて、この異教徒のために祈った。R博士は終油をうけることを肯《がえ》んじなかったからである。

　やがてN博士は立って、涙に濡れた顔を、扉のそとに待っていた人たちに示した。人々は死の部屋に雪崩《なだ》れ込んだ。

　最初にその部屋へ入った婦人は金切声をあげて立ちすくんだ。

　R博士の死顔があまり怖ろしかったからである。

花火

昔の大将の身代り首というものがある。活動写真のスタンド・インというものがある。他人の空似というのは実際にあることだ。

そろそろ夏休みがはじまるので、C大学の僕は夏休み中の何か収入《みいり》のいいアルバイトを探していた。そこで僕はアルバイトなら何でも一とおりやっている苦学生のA君にその相談をした。夏休みの後半は、仙台の郷里へ帰省して、そこで送るとして、前半のあいだを大いに稼ぐ必要があったのである。

一日僕はA君に伴われて、彼の心当たりの口を二、三当たってみた。どれもが旨く行かなかったり、条件が悪かったりしたので、A君は一日の失敗に疲れた僕を慰労するために、彼の時たま行く飲み屋へ僕を連れて行った。

その飲み屋というのは、両国の国技館の近辺にあって、褌担《ふんどしかつ》ぎだの男衆だのが呑みに来る大そう安直で心安い店である。どうしてA君がここを知ったかというと、夏場所大相撲の時に、男衆の学生アルバイトに応募して、裁著袴《たつつけばかま》を穿いて働らいているあいだ、朋輩に誘われてここへ呑みに来たのがはじめてである。

行ってみると、相撲は地方巡業へ出かけた留守なので、客種にはこれと言った特徴は見られない。

僕たちはすぐ飯台《はんだい》の前に腰かけた。すると小肥りした機敏に体の動く女将《おかみ》が、A君の注文する焼酎とつまみものを運んできた。A君は二言三言世馴れた冗談を言い、そのあげくに、僕の友達にいいアルバイトはないかなあ、と言った。僕は間《ま》が悪かったので、A君がそんなことを言わなければいいのにと思いながら、黙って焼酎の盃を舐めていた。

「まあ、こちらも学生さんなんですか」

と女将はちょっとおどろいたように言った。

僕たちはワイシャツに制帽の姿で、帽は椅子の上に置いていたのである。

「同級生だよ。こいつ学生に見えないかねえ」

とA君は僕の帽をつまみあげて、飯台の上に置いた。

「そんなことはありませんけど、ふだんはいつも粋な恰好でいらっしゃるから、学生さんだとは思わなかったわ。そういえば、お揃いで見えたのは今日がはじめてですね」

「おいおい、君はここがはじめてじゃなかったのかい」

「はじめてだよ。両国へ来たのだって、はじめてさ」

「まあ、しらばっくれて、にくらしい」

僕の冤《えん》はなかなか雪《そそ》がれなかった。女将は僕が数度ここへ顔を見せたことを執拗に主張するし、A君は僕の「理由のない嘘」を責め立てて罷《や》まなかった。

とこうするうちに、入口の縄のれんが揺らいで、紺のポロシャツに白っぽいズボンを穿いた男が入って来た。下駄をそこらへぶつけるように騒々しく入って来て、

「やあ、こんばんは」

と愛想よく女将に言った。

われわれの愕きは一通りではなかった。その男は、容貌といい、年恰好といい、僕と瓜二つだったからである。就中《なかんずく》、女将は奇声を発した。

「双児かもしれませんよ、兄さん方《がた》は」

自分でその月並みな空想にうれしくなったらしく、兄弟分の盃をなさいなどと言いながら、女将の勘定で酒を運ばせた。そこで僕たちは、大して望みもしなかったのに、その男と紹介され、一緒に酒を呑む破目になった。

女将の紹介は気のきいたものではなかった。

「こちらはナアさん」

「こちらは河合さんとおっしゃるんでしたわね。C大学の学生さんですわ」

女将はその男の姓名を知らないらしかったが、男も進んで名乗ろうとはしなかった。しかし快活で愛想のよい若い者だったので、僕もA君も席をともにすることにそう異存はなかった。大方そこらの職人か御用聞きのような男で、こちらが大学生というので、職業を名乗りにくくなったのだろうと思われた。

「全くよく似ていますなあ」

はじめのうちは、こういう嘆息だけが共通の話題であった。呑むほどに、僕とその男の差異が徐々にあらわれて来た。たとえばその男が酒を呑むときに、頭を低くして盃の縁へ口をもってゆく仕草、歯切れがいいが何か話の途中でふっと口をつぐんでしまう癖、理窟っぽいことを無暗《むやみ》と回避する態度、笑うときにも目だけは笑っていない感じ……こういう差異がだんだんはっきりしてくるにつれ、それらのものから僕とちがう別の人格が、確乎として目前に組み立てられてゆくように思われ、それが僕を安堵させた。自分と同じ顔を目の前に見つづけることが、僕をいささか不安にしていたのである。

男は相撲の話には興味を示した。その話題を持ち出したのは、もちろんA君である。

「あんたは相撲のことをよくご存じですね」

と男が言った。磊落《らいらく》なA君は、

「アルバイトで、たっつけを穿かされて男衆をしていたんですよ」と言った。それから、様子に気づいて僕が引止めようとしたときはすでにおそく、「河合君に何かいいアルバイトはないですか」と切り出していた。

「アルバイトねえ」

男はちらと盃の上から僕のほうを見た。眼は鋭くて、瞳が少しも動かない。快活で愛想もよいのに、全体から暗い印象をうけるのはこの眼のせいらしい。僕はこういう風にして見られたとき、自分が物品になって見られたようないやな心持ちがした。

「そうだ。花火はどうですか。お友達が相撲で、あんたが花火、ちょっと縁があって面白いじゃないか」

「花火って何です」

きけば、七月十八日の両国の川開きのために、柳橋の一流の待合が、相撲の男衆の好例に鑑《かんが》みて、当日限りの男衆に学生アルバイトを募集している。待合の名は菊亭と言って、柳橋でも一、二を争う店である。ここの収入《みいり》はずいぶんいいはずだというのである。

「どうです」と男は、熱心な、とも、無関心なともつかない単調な口調でつづけた。

「……今思いついたんだが、収入もいいが、うんと祝儀の出る筋があるんです。河合さん、あんた、今の運輸大臣の岩崎貞隆って人、知ってますか」

「新聞の写真で見たことがあります」

僕は漫画によく扱われるそのひどく長い、出っ歯で、白髪で、しかし妙に荘重な顔を思い出した。

「長い顔の……」

「ええ、知ってます」

「あの大臣がきっと花火見物にやって来ますよ。そうしたら、二、三度、じっと顔をみつめておやんなさい。口を利《き》いちゃいけません。ただちょっとのあいだ、穴のあくほど相手の顔をみつめてやるだけでいいんです。そうすりゃ、あとでたんまりお祝儀が出ます。嘘は言いませんよ。ただ、じっと顔を見てやれば、それでいいんです」

「へんな話ですね」

「私とそっくりのあんたのその顔をね」

僕は改めて男の顔を見た。下手な鏡なら、こうまで如実に僕のそのままの顔を映しはしない。僕は美男ではない。そうかと言って、醜男《ぶおとこ》というほどでもない。特徴といえば、顔つきがいくらか険《けわ》しいことである。眉と目が迫っていて、鼻筋はなかなか小粋なほうだが、口が大きくてだらしのない恰好をしている。僕は自分の口を犬のような口だと思って憎んでいる。額はせまく、顔は浅黒いというのを、もう少しとおり越している。

僕が返事のしようもなくていると、

「まあ、応募するかどうかはご勝手だけど、もし応募して、(受かることは請合いですが)、うんとお祝儀が出たら、そのお祝儀だけは、山分けと行こうじゃありませんか。花火のあくる晩、私はこの店で待っています」

この会話は、すでに他の客にかまけている女将や店の者にはきこえなかった。


A君は反対したが、僕は好奇心を抑えかねて応募した。そして男の言ったとおり、すぐ採用された。川開きの日には、早朝から出て来るように申し渡された。

七月十八日は、生憎《あいにく》のことに朝来の雨が降ったり止んだりしていた。それまでの数日は、曇りがちなりに降らない日がつづいていたのである。

朝行くと、一同に通行証というものを渡された。午後三時からは各所に交通遮断が行なわれるので、走り使いの折りなどは、この紙片を見せなければならない。

通行証には番号が附され、

昭和二十八年両国川開き
日時　昭和二十八年七月十八日（土曜日）雨天順延
午後一時——九時半
観覧席入口　国電、都電浅草橋駅前より
（本証を警備員にお見せください）
主催　両国花火組合

と刷ってある。端に「きく亭」という朱の判が捺してある。

午前中、麻裏草履を穿き「きく亭」と染めぬいた法被《はっぴ》を着て、僕は天候を危ぶみながら、座敷へ卓を運んだり、庭の椅子席の板を打ちつけたり、警察へ連絡に走らされたり、いそがしく立働らいたが、午後になって一時雨が上ったので、今日やはり花火大会が決行されることになったという達しがあった。

僕は今までついぞ花柳界というものをのぞいたことがない。田舎出の学生の好奇心をこれほどそそるものはなかろう。一夜の花火のために費される莫大な金は、もちろんこれを裏附ける客の落とす金があるからだが、これだけの浪費がどういう目的をもって行なわれるかという段になると、アルバイト学生には皆目わからなかった。芸妓たちも花やかな装いをこらして座敷の中をうろうろしていたが、僕たちには目もくれなかった。目の前で別世界が廻転していて、その廻転に僕たちの小さな歯車の動きも加わっていると感じることは至難であった。

菊亭の門内には男衆たちの掛ける床几が置かれ、打水をした石畳の左右に、下足の棚が設けられていた。ふだんの下足だけでは足りないからである。花火のみえる座敷座敷には、縦横に白布をかけた急ごしらえの卓がめぐらされ、重箱弁当とお土産と花火の番組と、コップ、盃、箸置に凭せられた紅白の寿の割箸などが、めいめいの客を待って整然と並んでいた。河に接した庭は、俄《にわか》作りの椅子テエブルが三段に並び、それぞれ客の会社の名を墨書した紙が懸っている。枝から枝へ、色とりどりの麦酒《ビール》会社の無数の提灯が、コードにつらねられて川風にゆれている。川の上にまでせりだした席は、数艘の舫《もや》い舟の席であった。

舟はすでに隅田川のあちこちに動きまわっていた。仕掛花火の格子を組んだ舟も川の中央にいくつか浮んでいた。川岸には椅子や床几をもちだした人々が群れ、あらゆるビルの窓や屋上に人の頭がひしめき合っていた。交通整理の警官たち、そこかしこに張られた町会の天幕、何ということもない雑然たる人のゆきかい、これらの上にまたぱらつきだした雨空をつんざいて、たえず見えない昼の花火のとどろきがあった。そうして見えない花火のその匂いだけは、漂ってくる焔硝《えんしょう》の煙に嗅がれた。ときどき煙は川面《かわづら》を包み、鉄橋をおぼろげに見せる。すると、はげしい汽笛が斬り込んで来て、電車があたりをとよもして鉄橋の上を通った。

三時すぎると、高級車がそろそろ路次にひしめいて来る。玄関の応接は遑《いとま》がない。女将は玄関口の緋毛氈にきちんと坐って、客に挨拶したり、芸妓や女中に指図をしたりしている。とにかく皆が昂奮して、むやみと忙しく体を動かしたり、甲高い声で話したりしている。ときどき花火の轟音に会話がさえぎられる。そういうとき、だんだん本降りになってくる空を見上げて、生憎だねえ、などと言うのも、昂奮のうちなのである。

門前の僕たちの床几の上には天幕が張られた。お客がつくと、そろいの法被の男たちが立上ってお辞儀をすればよいのである。走り寄って自動車のドアをあける役は、祝儀にありつける役なので、男衆のうちから、もとの棟梁でもあるらしい小柄で利かん気の顔をした老人が、ひとりで引受けていた。他の男衆たちは用があるまで待機していて、万一、胡乱《うろん》な奴が入って来ようとしたら、追い返せばよいのであった。

学生アルバイトは数人しかいなかった。かれらの二人が、交わしている会話に僕は聴耳を立てた。

「今日は大臣が二人来るんだってさあ」

「ふうん」

「運輸大臣と農林大臣とな」

「何ていう奴だい」

「運輸大臣のほうは、岩崎何とか言うんだろ。農林のほうは、内山なんとかだ」

「おい、花火が見えなくてつまらねえな」

「そろそろ暗くなるのにな」

川に背を向けた門のところからは、花火はもっとも見えにくいはずであった。

「ちょっとその花火の番組見せろよ。……ああ?『柳に雨後の日月時雨』『引先錦紅露』……何のことだかわかりゃしねえな」

僕はのぞき込んで、提灯《ちょうちん》の明りで照らされているその番組を瞥見した。

『咲き競う名妓の舞』

『シルバーガーデン』

『玉追玉吹龍』

『千代田の誉れの輝き』

『五色の瓔落』

『七重八重と煙る花吹雪』

『昇天銀龍五種の花』

　などというむやみに絢爛として抽象的な名前が並んでいる。

　五時すぎると、沛然《はいぜん》たる雨になった。路上を頭に手巾をのせた男女が駈けてゆく。花火はたえず轟然と鳴っている。屋根の上に小さい雨のはねかえりをたくさん笹立たせて、高級車が次々と門前にとまる。

　ようやく日が暮れて、僕は空にひろがる大きな花火の輪の片鱗を、たびたび天幕の軒端に見るようになった。

　すると例の、ドアをあける係りの老人が落着かなくなった。客の絶え間には、

「畜生。見てえなあ。お手当をみんな返上しても、二階座敷へ上って見てえなあ」

と舌打ちをして僕たちを笑わせていたが、それは冗談ではなくて本音らしかった。

というのは、雨のおかげで舟や庭の椅子席の客を一階の座敷へ移したことから生じた混乱を整理するために、四、五人の男衆の手伝いを呼びに来たとき、老人は今まで一人占めにしていた役目を放棄して、まっさきにその四、五人に加わったからである。とにかく庭の手伝いに廻れば、花火だけは見られるのだ。

　門の天幕にのこったのは三、四人であった。

　刻々に情報が齎《もたら》され、湿りをおそれて、今仕掛花火を全部先に点火しているところだ、

という人があった。番組のところどころに配分されていた仕掛花火が、こうして宵のうちにのこらずすんでしまうわけである。

六時がすぎた。客足はいくらかまばらになった。

顔馴染みの女中が忙しげに顔を出して、

「岩崎さんはまだですね。お遅いこと」

などと言うなり、返事もきかずに姿を消したりした。

七時をいくらかまわったころである。一台の漆黒の高級車が門前にとまった。官庁の自動車である。

僕は思わず立って、傘をかざして進んでそのドアをあけに行った。門燈がほのかに照らし出した車内には、一人の紳士がうずくまったように坐っていた。何か見かけていた書類を、内かくしにしまうのが、うまく行かなくて手間がとれた。そのおかげで、僕は漫画で見なれた岩崎運輸相の顔を、はっきりそこに認める余裕があった。

長い顔と出っ歯と、白髪とは、写真のままであった。しかし最初の印象では、いかにも疲れた、不健康な青黒い肌をしている、と僕は思った。大臣というものはもっと血色のよいものかとばかり僕は思っていたのだ。

書類の始末があまり永かったので、雨が車内に降り込まぬように、僕は一度勢いよくあけたドアを、また半ば閉めるようにした。その気配に気づいて、何げなく大臣は顔をあげた。それはほとんど彼が腰をあげて、車を下りようとしたのと同時であった。

　窓硝子を隔てて、大臣の目と僕の目とが会ったのはほんの一瞬である。

　しかしこの時ほど、僕は人間の顔が、「色を失う」という感じにぴったりした変化を起こしたところをまだ見たことがない。恐怖が彼の顔を一瞬のうちに染めたのである。顔の筋肉と神経の瞬時の収縮が、僕にはありありと見てとれた。そこで僕は、車を降りがけに、大臣が恐怖のあまり、かえって僕へ襲いかかってくるのではないかという危惧を抱いたほどである。

　しかし岩崎貞隆は、僕の傘のなかへ無言で頭をさし出すと、今度はひどくよそよそしい緊張した頰を見せながら、玄関口まで僕に送られて行った。

　女将や芸妓の歓呼が大臣を迎えた。彼は一度も僕のほうをふりむかずに、女たちに囲まれて檜の光沢を放った廊下を遠ざかった。

　……僕は呆然と天幕へかえって来た。

「どうだい。祝儀はくれたかい」

　遠慮のない学生アルバイトの一人が訊ねた。その質問で、僕は祝儀を一文ももらわなかったことにはじめて気づいた。その次に僕を襲った感情は、つまらない金銭的不満ではなかった。大臣の顔に、得体のしれない、あれほどの恐怖の色が泛んだことを思い出すと、今度は僕がいっそう得体の知れない恐怖に襲われたのである。

……三十分ほどして、女中が、女将が呼んでいると言って、僕を呼びに来た。妙な動悸がする。自分の演じている役割が、何か途方もないことに思われて来る。

しかしそれは僕の一種の強迫観念にすぎなかった。女将は、学生アルバイトでなくては危ぶまれる、かなり頭の要る連絡の仕事をたのむために、僕を呼んだので、朗らかな調子で、町会の天幕まで一走り行ってくれ、と言って用件を言った。

女将は一階の座敷の廊下へ僕を呼んだのである。座敷には緋毛氈が敷き詰められ、その緋の色が女将の話をきいているあいだも僕の目を射た。美しい芸妓がたえず立ったり坐ったりしている影がその上に動いた。ちらとのぞいた卓上は大そう乱れていた。近くで爆音がして室内に閃光がたてつづけに走ると、客や芸妓たちの発する嘆声がざわざわと波立った。

僕は用件を承って、玄関のほうへ長い廊下を戻った。

そのとき階段をどよめきながら降りて来る人たちがある。僕は壁際に身を除《よ》けた。

それは二、三人の芸妓に囲まれて降りてくる岩崎運輸相であった。すでに多少酔っているらしかったが、顔には出ていなかった。花やかな衣裳に囲まれたその不恰好な黒い背広は、妙に孤独な印象を与えた。

彼は今度ははっきりと僕を見た。最初のときほど恐怖はあからさまにあらわれなかったが、一度意識した何か真暗な恐怖と必死に闘って来たあとが見えた。そして眉一つ動かさず、目ばたき一つせずに僕を見終ると、そんな一介の男衆に注目したことを芸妓たちに感づかれぬうちに、すばやく目を転じて、僕のすぐそばを向こうへ行った。しかし僕は、その岩崎の動かない表情が、一層つのる恐怖を、かえって露わにしていると感じた。

連絡の用事のために出た戸外では、雨がよほど小降りになっていた。花火のためには皮肉な天気である。行人は、雨に濡れて今年の花火は見映えがしない、などと噂をして通った。

女将に返事をすませると、庭の片附けにまわってくれと命ぜられたので、僕は雨に濡れそぼった戸外のテエブルの上のものを片附けだした。麦酒会社の提灯は雨のために絵具が流れて、しおたれていた。あまりみっともない提灯は、破いて落としてしまうほうが見場《みば》がよかった。

僕は雨が少し底にたまった空《から》の麦酒罎を片附けがてら、まだしきりに花火のあがっている川面《かわづら》を眺めた。風の加減で、焔硝の煙が菊亭の庭から川にかけて、一面を覆うことがある。煙の中から屋台船のモータアの音が近づいて来て、その軒の提灯の一列《ひとつら》がおぼろげにあらわれる。……とこうするうちに、花火から落ちて来た白い小さな紙の落下傘が、濡れたテエブルの上へすっと落ちて貼りついたりした。

僕たちが汚れた皿を重ねて運んでゆくと、舟から上って来る外人の客の、傘をさしかけられて来るのとすれちがった。外人の女は草いろのレインコートの襟を両手でそば立てて、のこりおしそうに今乗っていた舟のほうへ何度もふりかえった。

雨はほんの霧雨ほどになった。対岸はそのためにかえって朦朧として見え、そびえ立つ鉄橋は平板な影絵になった。

僕は空を仰いで、はじめて心おきなく花火を見ることができた。

砲声のような響きとともに火柱が突然川のおもてにあがる。火柱の頭は、勢い込んで天頂へむかって翔けのぼってゆく。昇り切ると炸裂する。銀いろの無数の星が円形にひろがるあとを追って、内側から紫と紅と緑の同心円がひろがってゆき、内側の輪のほうが早く消える。外側の輪が崩れると、また別の橙色の一輪が低いところにひらいて、夥しい光りの滴がそこから落ちて来る。すべてが消える。

矢継早やに次の花火が上る。いくつもの花をひらきながら、ジグザグに昇ってゆく花火がある。そしてまたさらに次の花火の爆発の光りが、前の花火の残煙を立体的に照らし出したりする。

僕はざわめきと笑い声をきいて、何気なしに二階を見上げた。

ざわめきの源は見えなかった。ただ手摺に凭《よ》って、下を眺めている一人の顔があった。顔は暗くて見えない。轟いて、花火がまたあがる。青っぽい不自然な光りが、その白髪の頭と長い顔を照らし出した。

岩崎貞隆は、恐怖に青ざめて、ひどく孤独な、虐たげられた表情をして、じっと僕の姿を目で追っていた。

三度、僕の目が彼の目と会った。その刹那、僕も正確に、彼と同じ得体の知れない恐怖に搏たれていた。ともすると僕の恐怖が、それほど的確に、相手の深い、身の置き場もない恐怖を、僕に直感させたのかもしれない。

……やがて運輸大臣は、僕の視線をごく自然に外すような身振りをし、その白髪の頭は手摺のむこうに隠れた。

三十分ほどすぎて、見知らぬ若い芸妓が、縁先から庭の僕を手招きした。行ってみる

と、すばやく厚ぼったい紙包みを渡して、

「岩崎さんからよ」

と言って行こうとした。

「岩崎さんはもうおかえりですか」

「今おかえりになったところ」

芸妓はにこりともせずにそう言い捨てると、花火を紫で染めた白ちりめんの着物の肩が、廊下の奥の人ごみに紛れてしまった。

――もちろん、僕はあくる晩、例の男に会いに両国の飲み屋へ行った。山分けにしても過分なほどの大枚の祝儀だったからである。

男はやってきて、ありがとうとも言わずに自分の取分《とりぶん》をうけとると僕の盃に一杯注ぎながら、

「どうです。私の言ったとおりでしょう」

と言った。

「おどろきましたね」

「別におどろくことはありゃあしません。あんたが私と瓜二つだったからですよ。つまり私とまちがえられたからですよ」

「そうかなあ」と僕は努めて明朗に、異を樹《た》てた。「……もしかすると僕があんたではないということがわかったんで、それで安心して、祝儀をくれたのとちがうかなあ」

僕のは理窟にもならない理窟だったが、こんな罪のない議論を肴にして、僕たちはおそくまで呑んでそのまま別れた。僕にももちろん、怖ろしいことを訊きだそうという危険な好奇心がないではなかったが、男のあの眼が、それを訊くことを妨げたのだ。

博覧会

暗《やみ》から暗へ葬られる、というのは、あれは妙な実感を伴った痛切な言葉だ。西鶴の好色一代女には、女主人公が堕胎した大ぜいの児の幻を見るところが出てくる。

「一年の間さまざまのたわぶれせしを思い出だして観念の窓より覗けば、蓮の葉の笠を着たるようなる子供の面かげ腰より下は血に染みて九十五六ほど立ちならび、声のあやぎれもなく負《おわ》りよ負りよと泣きぬ。これかや聞き伝えの孕女《うぶめ》なるべしと気を留めて見しうちに、むごいかか様とめいめい恨み申すにぞ、やがては昔血荒《ちおろし》をせし親なし子かと悲し、無事に育て見ば和田の一門の多くめでたかるべきものをと過ぎしことども懐かし、しばらくあって消えて跡なかりき」

この場面から私がすぐ思い出すのは、行基の作と伝えられるあの最古の和讃、百石讃歎の一節である。

「百石《ももさか》に八十《やそ》石《さか》そえて給いてし
乳房の報い今日《きょう》ぞわがするや、今ぞわがするや、
今日せでは、何《いつ》かはすべき
年を経《へ》ぬべし、さ代《よ》も経ぬべし」

実際は明るい宗教的な歌詞であるのに、私がこの歌詞から心にうかべる幻影は、言おうようなく暗いものである。「乳房の報い」という言葉は、何か陰惨なおそろしい響きをもっている。その一句を曲解すると、「年を経ぬべし、さ代も経ぬべし」という文句までが、永劫の地獄の刑罰の宣告文のように読み做《な》されるのである。

……さて、私が書こうとしているのは、堕胎の話ではない。

小説家もたびたび流産をする。暗《やみ》から暗へ葬られる作品がいくつもある。出来かけて、しかしまだ作品の形を成さないうちに、放棄された作品がいくつもある。そういう作品にも主人公になるはずだった登場人物が、少くとも一人はいるのである。

彼はさまざまな人間関係の中へ投げ込まれるべきであったが、そこまで書かれないで葬られたので、何の人間関係をも持っていない。従って彼にとっては社会は存在しない。

近代リアリズム小説の常法に倣って、小説の登場人物に対する読者の最初の関心は、彼が何で喰っているか、という問題に帰着するが、形を成さないうちに葬られたその作

品では、こういう設定がまだ十分でないので、彼がこの世智辛い世の中に、何で喰っているのか判然としない。

彼が孤独だということはわかる。それだけははっきりわかる。そしてそれだけが彼の属性だと言ってもいい。

大庭貞三《おおばていぞう》もこうした一人である。私はほんの書出しの二三枚を書いて、貞三が主人公になるはずだった小説を放棄してしまった。

しかし大庭貞三というその名は、私の気に入った。小説の登場人物の名前は、どちらかといえば少し卑俗な匂いのするほうがいい。彼はあいまいな年齢だが、まだ青年にはちがいない。容貌もわからない。職業もわからない。……

私はときどき時間が急に遡及するような、あるいは時間がずれて崩れ落ちるような、そういう瞬間に見舞われることがある。

たとえば夏の夜、目《ま》のあたりを低いしつこい羽音を立ててとびめぐる一疋の蚊を、両《りょう》掌《て》を拍って叩き殺したりした場合、その蚊の羽音は消える。すると今この小さな生物の鳴いていた時間は、愕然として崩れ落ち、消滅してしまう。その時間は決して還って来ず、どこへ行ってしまったかわからない。

　また、階下の部屋で柱時計が鳴り出す。私の耳はそれを聴こうと思って聴いているわけではない。しかしその音が自然に耳に入る。耳に入ると、すぐさま私はその音を数えだす。はっきり耳に入って来た途中の音から数えだすのではなく、きいていないあいだの数を咄嗟に忖度《そんたく》して、それに足し算をして数えはじめるのである。音はもう一つつづくかと思われる。が、突然止む。十一時かと思うと十時で止み、しかも数えた数は十だが、実際は十一打っていたのかもしれない。

　こういう時にも、時間の急転直下の陥落が起こる。大庭貞三が私にとりつくのはこんな瞬間である。どこかしらで、暗《やみ》から暗へ葬られた時間があって、突然貞三がそこから出現するのだ。

……私は、というより、貞三に憑かれた私は、「貞三は」と書いたほうがいい、……貞三は身を起こす。そうして彼自身の世界を彼のまわりに発見する。

この世界には何かが欠けている。たとしえなく大きなもので、しかも目に見えないものが欠けている。根本的な条件が欠けているのだ。

　この世界に直面するとき、貞三の中にまだ残っている私は、言わん方ない恐怖を味う。自分の手が脱落し、足が脱落するのが感じられる。カレンダアから曜日が落ち、行為からは意味が落ちる。

しかしこの恐怖は永くつづかない。貞三は完全に私に乗り移る。貞三の世界は、貞三にとっては自明の理だ。

その瞬間が私にとってもまるきり救いでないというわけでもない。私はいろんな嫌悪のなかで暮しているが、生活とか夢想とかいうがらくたの代物《しろもの》がやって来て、今度の嫌悪こそ本物だという確信を、私がもつことを邪魔立てする。ところがこの怖ろしい瞬間は、(次の瞬間には私は消滅してしまうのだが)はっきりと私にその確信を与えるのである。

……貞三は身を起こす。彼は真昼間の都心の公園のベンチに坐っている。四月の末の明るい太陽は隈《くま》なく照っているのに、空はどろんとしている。

市民たちで散歩路は雑沓し、噴水は景気よくかがやかしい水を吹き上げている。市民の遊楽につきものの紙屑は、たのしそうにまるで家族の足もとにまとわりついてかけまわる子供のように、行人の靴先にころがされている。

修学旅行の群があわただしく通る。女たちの白粉《おしろい》の頬にも、子供がもちあるいている黄や赤のゴム風船にも、東京公園協会指定の売店の棚の上に、青い缶に入れられて行儀よく並んでいるジュースやラムネの罎にも、すこし固くなった甘納豆の詰まったセロファンの三角の袋にも、うっすらと、春の埃が刷《は》かれている。埃をかぶっている。皆、等分に、少しばかり投げやりな、少しばかり自慢くさい気持で、埃をかぶっている。何という幸福な感情だ。

誰も貞三が、一個の危険人物が、かれらのあいだに坐っているということに気附かない。なぜ貞三が危険人物かというと、彼は任意の人間なのだ。彼が公園のまんなかに、こんな立看板を持ち出したって、決して咎められっこのない人間なのだ。

「新婚夫婦を毒殺しましょう！

流血週間のスローガン」

もっとも彼はそんな子供っぽい悪戯はしない。何をやってもいいということになれば、彼の自負が物を言った。

『臀肉切りならやってもいいな』と貞三は考えた。『あれならただの純粋なスポーツだ』

……貞三は一服吸った煙草が、穴があいていて空気が洩れてしまうので、恬淡《てんたん》にそれを地面に投げ捨てて、別の一本に火をつけた。

銹びた鉄の水呑場は大そう高く、小さな男の児は母親に体をもちあげてもらって、足を宙に浮かして水を呑まねばならない。小さなとんがらかした唇が、不安定な様子で、小まめに吹き出ている水に近づく。水は外れて、鼻孔に入ってしまった。男の児は泣き出した。こんな重大な蹉跌には、誰だって泣くだけの値打がある。

卓三はというと、……貞三は、あたりがあまり明るかったので嚔《くさめ》をした。彼の世界には根本的な条件が欠けているので、片足の男が失くした足のことばかり考えて暮すように、勢い日常的な心理から遠ざかり、たえず根本的なことを思いめぐらさずにはいられない。『不当だ。不当だ。不当だ』と彼は爪を嚙みながら思った。『俺は暗《やみ》から暗へ葬られている。日光は俺を侮辱し、夜と血の匂いが俺の体にしみ込んでいる。俺には必然性がない。俺の存在から、必然性を殺《そ》ぎ落したのはどこのどいつだ。そいつに出くわしたら、俺はにやりと笑って握手をしてやろう。握手をした晩、そいつは掌から俺の病気がうつったのを知って自殺するだろう』

彼は立って歩きだした。嚔ののこりの水洟が鼻の奥でまだすこし煮えていた。

高い生垣の中の広場はまばゆい眺めだった。芝生の中央に数本の棕櫚《しゅろ》が立ち、芝生の周辺は色とりどりのチューリップが縁飾りをなしている。紫や黄や白や赤や絞りや……。

山形県という低い立札の前には、ローズ・コープランドという淡い洋紅色のチューリップが群がって咲いている。新潟県という立札の前には、プライド・オブ・ハーレムという濃い洋紅や絞りのチューリップが咲き競うている。

そしてそのまわりを、勤め人や、カメラを下げた家族づれが、ほとんど肩も触れんばかりに漫歩している。

『あいつらがいったん俺の存在に気づいたら……』

……そうしたら、ここは無人の広場になるだろう。チューリップは平気で咲いているかもしれないが、真昼間、公園の散歩道には人の影が消えるだろう。

『俺が存在するか、それともあいつらが存在するか、どっちかしかないんだ。俺の存在にいったん気がついたら、あいつらは自分たちの存在を即刻止《や》めてしまうほかはないんだ。しかしおそらく止めないだろう。逆に俺の存在を止めさせようと思うだろう。……しかし勝負はどっちに勝味があるかまだわからない。あいつらは秩序の中で暮らし、万引一つおいそれとできやしない。ところが俺には必然性がない。殺人をしたって俺は罰せられやしない。それ以上罰せられる惧《おそ》れのない脱獄した死刑囚みたいに、俺は何でもやれる。何でも……』

彼は立止って、太陽の下で自分の掌をひろげてみた。人間の手は極度に機能的な、簡潔な形をしていた。少なくとも耳ほどグロテスクではなかった。細い皺と、固い皮膚と、敏感な薄い肉がついていた。人が悪と呼んでいるものは、大抵これでやれるのだ。

……俗悪なセメント彫刻の生《なま》っ白《ちろ》い裸婦像が、木かげに佇んでいた。

彼は自分の掌を眺めるのをよした。掌がはっきり自分の外側に見えて来るからである。

自分の肉体の一部が客観的に存在するようになるのをとても許すことはできない。

……さて俗悪な裸婦彫刻の或るものは、雛菊や罌粟《けし》の花にかこまれて、くっきりと白光を浴びていた。セメントの乾ききった白い肌は、安白粉《やすおしろい》を塗りたくったようにみえた。しかしそれらは市民の健全な趣味に愬《うった》えるものがあるらしかった。お人好しな父親が、十《と》歳《お》ぐらいの男の児をその裸婦の前に立たせて、写真をとっていた。

「坊や、もうちょっと右だ。おっと、行きすぎた。もうちょっと左、そうだ、ほんのちょっと左、よしよし。……いいかい。動かないで」

『こんな言葉が俺にははっきりきこえるのはふしぎだな』と貞三は思った。『こんなに意味ありげな、教育的な、ものごとをちゃんと整理したり指図したりする人間の言葉が』

貞三はまたそこを離れて歩きだした。

四人の若い予備隊員が、花壇の前のベンチに目白押しに掛けていた。一人が唾を吐いた。若々しい純潔な精液のような唾が、一瞬空中に光って、落ちた。

……どこからか音楽がきこえてくる。密生した木立の奥から、たえだえにそれがきこえてくるのである。

　貞三は野外音楽堂で演奏がはじまったのかと考えた。彼は木下道をとおりぬけた。野外音楽堂は空《から》だった。それはドームと何本かの円柱に護られて、その円い何もない平面を横たえていた。

　機械の軋りを帯びた、埃っぽい音楽は、ちょうど野外音楽堂のある小高い丘から正面に見渡される博覧会場の拡声器が響かせているのだった。

　何故かというと、音楽は途中でにわかに切れて、次のような文句を告げだしたからである。

「通産省の森田様。通産省の森田様。山川様がお待ちでございますから、正面入口までお越しください」

　貞三は野外音楽堂を半円に囲んでいる幾列かの木のベンチの一つに腰を下ろした。

　彼には関係が欠けていた。彼は「マクベス」のいわゆる「女に生み落とされた者」ではなかった。ベンチにはいたるところに勤め人や学生や女や子供が腰かけ、ルンペンたちは永々と襤褸《ぼろ》をかぶって寝そべり、白い割烹着を着て手拭をかぶった三人の掃除女は、一つのベンチで愉しげにひそひそ話をし、子供たちは空《あ》いたベンチからベンチへつたわって鬼ごっこをしていたが、……要するに貞三には関係が欠けていた。

『俺が首をくくっても、すぐさま息を吹きかえすだろう』と貞三は確信をもって考えた。

『たとえ顳顬《こめかみ》にピストルをあてて引金を引いても、俺はすぐ活き返るだろう』

彼はこういう奇蹟を人前で演じて、金儲けをすることを思いついた。しかしすぐ思い直した。こんなもくろみは児戯に類していた。

人々は立ったり、坐ったり、またゆるゆると歩きだしたりしていた。誰も貞三を見ず、誰も貞三の存在に気づいてはいなかった。

音楽堂に枝をのばしているヒマラヤ杉の若葉は、萌黄《もえぎ》色《いろ》の薄雪を葉末にかぶっているようである。鳩が、よごれた跛の鼠のように、ベンチに掛けている人々の足もとを、おちつきなくしきりに頷きながら歩きまわっていた。首をめぐって、汚水にうかんだ油の虹色の羽毛があった。ともすると鳩は、赤い肢をしっかりと腹につけ、尾羽根を扇形にひらいて低く飛んだ。

貞三は自分の存在を、重たく、堅固な、飯にまじった小さい石ころのような異質なものに感じた。そいつは歯にぶつかって、人を突然苛立たせ、腹立たしくさせる。しかし歯にぶつからない限り、難なく嚥《の》み込まれてしまうのだ。

こういうとき、彼は世間で日常の些事と呼ばれているものの真似事に、あわててしがみつくのが常である。

『忘れてはいけない。かえりに文房具屋で赤鉛筆を三本買うこと。大田原へ電話をかけて、届けてくれた浜蒸鯛の礼を言うこと。明六時、G町時計店裏料亭において会合。沢村に会うから、借りた本を返すのを忘れぬこと。出かける前に靴下に穴があいているかどうか調べること。胃の薬スキノール錠剤百錠入購入のこと。……』

しかし彼はメモをもっていなかった。もう五分もたてば、みんな忘れてしまうだろう。忘れても誰にも迷惑はかけないだろう。大田原なんて人間を彼は知らなかった。浜蒸鯛はどこからも届いていなかった。会合は未来永劫なかった。借りた本もなく、胃にいってはあるのかないのかとんと不明であった。

……ともあれ公園の樹々は若葉に包まれ、日はのどかに照り添い、幾列かのベンチは半円をなして、空っぽの音楽堂を囲んでいた。

どうして音楽堂に背を向けて坐らないのだろう。ただ市民たちは、怠惰から、あるいは習慣から、音楽堂のほうを向いて腰かけていた。円形の舞台は空っぽだった。しかし人々は、この存在しない音楽に向かって、聴衆を装うていた。

何かが起こる！　そうだ、この瞬間にも、確実に何かが起こっていた。大都会のどこかでは、火事か、殺人か、傷害事件か、窃盗《せっとう》か、またどこかの国では、大砲が轟いて兵士たちが斃れていた。そういうものすべてと確実に関係がないのは、貞三一人であった。それにしても、野外音楽堂の聴衆たちは、気楽なとぼけた表情をして坐っていた。掃除女は背中を掻いていた。きっと蚤にたかられたのだろう。

丘の下方の広場には、展覧会場の色さまざまな旗がひらめき、さらにその彼方のビル街の空には、濁った気流に支えられて、アド・バルーンが斜めに揺れていた。


拡声器の音楽は、どろんとした空に、その機械の軋りと一緒にふり撒かれている。ワルツの次に、卑俗な悲しげな流行歌が、お後《あと》を承るといった調子なのである。

貞三はまた歩きだした。あてもなしに人の群に立ちまじってゆくと、人々は展覧会場のほうへゆるゆると下りて行った。


「あしたもこんなにいい天気だといいわね」

「R君はああいう人なんだ。わるい人ではないよ」

「手続きはもうすましたんですね」

「まあ、涎《よだれ》が垂れる」

「畜生、そうと知ったらなあ」

「そう思ってやがるんだ。本当だぜ。あいつ本当に俺にそう云いやがったんだ」

「あたくしが女子大におりましたころ……」

「いやですね。からかったりして」

会話の片言隻句は否応なしに貞三の耳に入る。光彩陸離たる言葉だ。天気！　手続き！　涎！　女子大！　……何とどれも等分に重大だろう。何とどれもひとかどの重要な意味を荷《にな》っていることだろう。

博覧会場はジェラルミンの壁に囲まれた巨大な円形であった。入口の左右には大きな花環が飾られ、壁の上にはほぼ一間《けん》おきに、茶や緑や青や黄の小旗がはためき、入口の右に、数十の自転車やスクータァが、賑々しく光って並んでいた。会場内の大きな文字は外《そと》からも見えた。

「多くの工業力を結合した自動車工業……」

そこでは新品の自動車や、各社の自動車部品が展示されているらしかった。

貞三は人にまぎれて野天の会場の中へ入った。

円形の壁の内部は、その壁に沿うた夥しい小部屋にわかれていた。入口に接した小部屋の軒に 660 という札が掲げてあるのを見ても、その夥しさがわかるだろう。会場の中央部には、新型自動車が並べられ、子供たちがたえずそのクラクションを鳴らしていた。

会場は人の立てる埃にまぶされ、新らしい自動車の塗料は、軽い埃のためにいくらか輝きを失っていた。満足したまじめな表情で、人々は展示品のあいだをすずろあるき、立止って説明書を見たりしていた。

貞三は数人の肩ごしに、一つの小部屋をのぞいた。鮮やかな色の鋼材の幾片かが、解剖図のように、緻密な乾いた断面をさらしていた。

一六〇〇五　　リムバー
RH6吋　　リムバー
R8吋　　リムバー
R17吋　　リムバー
L六百G　　リムバー
LG　　リングバー
7吋　　リングバー

リムバー、リングバー（車輪用鋼材）――バス、トラックに使用される車輪は乗用車に比較して荷重が大きいため、強度のすぐれた圧延鋼材（リムバー、リングバー）が用いられます。

次の小部屋には、「国際的技術水準を誇るシールドビーム前照燈の完成」とか、「貴社の自動車にはすでに定評ある小糸のバスシートを」などという謳い文句が、照明器具やシートの真新らしい製品を飾っていた。

「ブレーキライニング」……「クラッチフェーシング」……幾多の部品はその名称を競うていた。人々はあまり自分の生活とはゆかりのないそういう術語を覚え込もうとして小首をかしげたり、そのそばでは、菜っ葉服を着た快活な青年が、お客をその専門の知識で煙に巻いて、声高に説明をしたりしていた。

貞三はのろのろと人々を縫って歩いた。靴底の釘がすこし出ていたが、さほど気になるほどではなかった。しかし釘は、思い出したように、ときどきちらりと悪意を示して、彼の土踏まずを刺した。

貞三は中央の大きな半円の壁の前に立った。菫《すみれ》の花壇をかこんだその壁いちめんに、わかりやすい鮮明な図解が描かれ、「自動車はこうして出来る」と大書してある。

自動車はこうして出来る……それがどうしたというのだ。……貞三はしげしげとその図解を眺めた。小さな部品が寄り集まり、エンジンを作り、車輪やボデイがだんだんに附加わり、図解の右端では、青いペンキでえがいた小さな軽快な自動車が、花の咲き乱れた庭と白い柵を持った赤屋根の家の門前から、今し一筋の往還のはてへ走り出そうとしていた。

貞三の目はこの必然を逆に辿った。何故かというと、一台の自動車の幸福な成立ちは、彼の目にははなはだ非現実的な、架空のものに見えたからである。

すると軽快な青い自動車は、まずボディを取去られ、車輪を外され、ごたごたした組立機械になり、それがまたさらに分解され、図解の左端にちらばった無数のこまごました部品になった。歯車は偶然の小さな鉄の石ころにすぎなかった。鋲は解放されて、鉄の露のようにちらばった。それらの片意地な恰好をした小さな鉄製品は、てんでの方向をむいて夢みていた。かれらの存在理由は、必然性に奉仕することにあったはずだが、それをすっかり忘れてしまっているようにみえた。そこにはおそろしい純潔な自由があって、そのなかを歯車や鋲は、きらきら光りながらころげ出すように思われた。

巨大な壁に暗い幕が下りてきて、図解は翳《かげ》った。貞三は空を見上げ、太陽の前を通りすぎる厚ぼったい雲をみとめた。しかしそのまわりには依然としてどんよりした青空があった。貞三のまわりには……、彼があたりを見まわすと、ちょうど彼の周囲十米以内には人影がなかった。

群集の中にまぎれて殺人犯が、ポケットに手をつっこんで、のんびりと歩いている。彼の頭上には青空があり、足下には埃っぽい乾いた土がある。彼はかがんで、寄ってくる鳩に餌をやる……。

『それなら十分ドラマティックだ』と、貞三は歩きながら思った。だが彼の現在に関係がないのに、過去にどうして、殺人というような他人との密接な関係がありえただろう。彼はただ足を引きずって、拡声器の流行歌とクラクションの音の交錯するなかを、この市民の無料のお祭りのなかを歩きまわっているだけだ。頬に手をふれてみた貞三は舌打ちをした。彼の頬にまで埃が薄い層を刷いていた。

『俺はいつかやるだろう。怒るだろう。叫ぶだろう』……しかし話しかける相手のない彼は、黙っていた。一台の新造車が白い柵の中に飾られていた。客席の窓からは大きな桃いろのセルロイドのキューピーがのぞいていた。

貞三はその柵の内側に奇妙なものを見た。おそらく単なる装飾のつもりなのであろう。白い台の上に、四角い大きな金魚鉢が置かれている。硝子《ガラス》の内側に、敷かれた玉砂利と岩と藻が、湛えられた水を飾っている。赤と白の金魚が三疋、黒白の金魚が一疋、傷つきやすい花弁のような尾鰭をひらめかせて遊弋《ゆうよく》している。

自動車博覧会の雑沓のただなかに、誰の才覚でこんな硝子の小さな箱が設けられたのだろう。誰の才覚で、その硝子の内側に水が注がれ、金魚が放り込まれたのだろう。無意識の善意とか、無意識の悪意とかいうものは本当にある。そういうものが考えつくのは、いつもこうしたことだ。

貞三は硝子箱のなかへ一瞥を投げた。彼はもっとずっとそこに立っていてもよかった。

時間は十分あり、日はまだ惜しみなく照っていた。だが彼は背《そびら》を返した。そうして博覧会のだんだんに増してくる人ごみの中へ紛れてしまった。……

貞三の姿は人ごみにまぎれた。……私はほっとした。私は煙草に火をつけた。燐寸《マッチ》の火は外光のなかではほとんど見えなかった。それから私は、いつものように、午後の明るい街へ歩きだした。

復讐

明るい避暑地の一劃に、妙に暗い感じの家を見ることがある。別に家が古くて、廃屋じみていたり、塀が壊れていたり、建築様式が陰気で、小さな窓や深い庇《ひさし》が屋内にさし入る外光を遮《さえぎ》っていたり、というのではない。たとえそれが白いパーゴラをさし出した明るい別荘風の家であってもいい。その家の前を通るときに、奇妙に寂莫《せきばく》とした、ひんやりした気配が襟元をおそい、家全体から説明しがたい暗い印象をうける家というものがあるものである。

たとえば裏庭に、向日葵《ひまわり》が頽《くず》れている。裏木戸の蝶番《ちようつがい》がこわれていて、道づたいに潮風が襲ってくるとき、奇妙な音を立てる。そんなささやかな頽廃《たいはい》の兆《きざし》は、子供の多い朗らかな家族の住む家であったら、何か滑稽な面白い印象を与えこそすれ、不気味な空気をかもし出すことはないにちがいない。

近藤家では、壊れているものは何もなかった。戸じまりはきちんとしており、裏木戸の南京錠《ナンキンじょう》は、光りかがやく新品であって、決して錆びついてなぞいなかった。芝生の庭が二百坪ほどある木造の別荘風の洋館で、周囲は低い石垣の上に生垣がめぐらされ、白いペンキ塗りの門はそう高くない。外から見たところ、窓も引戸も、戸じまりが堅固に出来ていて、開放的な建築であるのに、故意に自分の中にとじこもっているという印象を与えるのである。

その道は海水浴場へゆく通り道になっている。夏になるとそこをよく、肩からバス・タオルをかけ、足にサンダルをつっかけた裸の家族づれや若い人たちがとおる。道路はほとんど砂である。浮袋を腕にかけた子供が、一軒一軒の庭をのぞこうとして、跳躍しながら、あまり手入れのよくない雑駁な生垣の透き間に目をやる。密集している枝葉は中をよく見せない。もしこんなに戸じまりに念を入れるなら、高い石塀をしつらえ、塀の上には、支那の邸宅のように、硝子《ガラス》の砕片を植えたほうがよかったろう。しかし改修には多額の金がかかり、多分この家にはそういう経済的余裕がないのであろう。

門柱には表札が二つかかっている。一つは近藤虎雄と書いてある。一つはその下につつましく正木なつと書いてある。

家族は五人である。三十四歳の虎雄が当主で、妻の律子との間に子供はない。虎雄の母の八重が、父のいくばくの遺産を抱えて同居している。父の妹、つまり虎雄の叔母に当る正木奈津《なつ》が、二十五歳の娘、治子《はるこ》とともに、この家に寄食している。女四人男一人の家族である。虎雄は東京の会社へ通勤しているので、昼間は男気がない。

虎雄は同じ時刻にきちんと家へかえる。それから家族そろって食堂で食事をする。そのためにこの家の夕食は、他家よりも遅かった。

食堂の電燈はあまり明るくない。家じゅうの電燈がそう明るくない。電気代を節約しているのである。

食堂は風とおしがよいのに、夏の夕食の時刻というと、いつも凪《なぎ》のために暑い。八重と奈津と虎雄はゆかたを、律子と治子はワンピースを着て椅子に掛けている。食卓の上にはサラダや焼魚が並んでいる。

「この鱸《すずき》はお姑《かあ》さまが漁師から直《じか》にお買いになったのよ」

と律子が言った。律子は陽気な女である。この家の陰気な食卓で、真先に口を切るのは律子である。しかし今夜は声が金属的な神経質な響きを帯びていて、わざと陽気にしているようにみえる。

「私が値切ったんだよ。ずいぶん安くしましたよ。当節は不景気で物が安くなった安くなった、というけれど、買物の下手な人は、やっぱり高いものをつかまされるんだよ」

虎雄はほとんど会話に加わらない。元陸軍中尉で体格はよいけれども、顔色は蒼白で、縁無眼鏡が顔の印象を一そう冷たく見せる。エゴイストで、道楽がなんにもない。大工道具いじりが、趣味といえる唯一のものである。

奈津母子は黙って食べている。食事の時になると、居候の身分を思い出して神妙になるらしい。よく顔の似た母子であるが、母子とも貧血質で体は弱々しく、老嬢《オールドミス》の治子は昼間近所のメソジスト教会の幼稚園に通って、保姆としてのわずかな収入を得ている。奈津が未亡人になって生活に困り、家を売った金で暮していたが、そのうち貧間ぐらしも重荷になったので、近藤家へ引取られて来たのである。労苦がたださえ痩せぎすの顔をとげとげしく見せ、一人で何かつまらないことを言って自分でいつまでも笑っている癖は、奈津を一そう貧乏たらしく見せる。そういう癖は母子に共通している。治子が保姆の収入を近藤家にはわずかしか入れず、しじゅう見栄えのしない洋服などを作って費《つか》ってしまうのに、近藤の姑《しうとめ》と嫁は快からぬ思いをしていた。……会話がとぎれた。夜の潮騒《しおさい》がひびいていた。テーブルの下に置いてある蚊取線香の匂いがしていた。

一家には妙な癖があった。会話がとぎれて沈黙が来ると、いっせいに、どこかへ耳をすますような態度をすることである。食事の最中であろうと、めったにない来客のあいだであろうと、沈黙に陥るのを待っていたように、一せいに何ものかに耳を澄ますのである。昼はさほどでもないが、夜は殊にそうである。それが敏感な水禽《みずどり》の家族のように見える。

音は潮騒のほかにはこれと言ってしない。

台所で突然物音がした。五人は一せいにそのほうへ首をめぐらした。それからお互いに見交わす顔は、すこしばかり蒼ざめている。

「鼠ですよ」

と八重が言った。

「鼠なんだわね。鼠なんだわ」

と奈津が言って、永いこと一人で笑った。その笑いが永く尾を引いた。すると律子が箸を急に置いて、甲高い声で言いたいことだけはどうしても言ってしまうという早口で言った。目は誰の顔をも見ず、片手が食卓のへりをつかむようにしている。

「言ってしまうわ、私。せめて晩ごはんがすむまで言わないつもりだったけど言ってしまうわ。私、きょう一人で泳ぎに言ったのよ。海岸で、お隣りのご家族のビーチ・パラソルに入れてもらって、休んでいたの。そのときたしかに、玄武《げんぶ》がいたのよ。じっとこっちを見ていたわ」

四人は律子の顔を注視した。玄武という名が出ただけで、それを口にする律子も、きいている四人も体を固くした。ふだんから蒼白な虎雄はそう目立たないが、あとの四人は唇の色まで変わっている。

「そんなばかな、玄武がどうしてこの土地へ来ているんです」

「第一、律子さんは玄武の顔を知らないじゃありませんか」

「でも私はっきり見ましたもの。六十恰好のおじいさんで、岩乗《がんじょう》な、五尺七寸ぐらいの背丈で、色がとても黒くて、無精髭を生やしていましたわ。開襟シャツにカーキいろのズボンをはいて、穿き物はたしか下駄でした。白い汚れたピケ帽をかぶっていたわ。……私、ふっとそのおじいさんがビーチ・パラソルのそばに立っていたのを見たんです。私が目をあげると、私の顔をちょっと見て、それから海のほうを見ていました。私が、あ、玄武だ、と思ってぞっとしたときに、もうその人は、海岸の人ごみの中へ入ってしまって見えなかったの」

「わかった」と八重がいくらか冷静になって言った。「それは山口さんの手紙にあった人相ですよ。その人相にたまたま似ていたからって、写真を見たわけではなし、玄武かどうかわかったものじゃない。いや、玄武じゃないに決まってますよ。玄武がもし自分の村を離れれば、山口さんがすぐ電報をくれるはずじゃないの。ほんとうに山口さんという人がみつかってよかった。あの方におねがいしてからこのかた、やっと枕を高くして眠れるんだからね」

　近藤家では山口清一という男をこの上もないたよりにしていた。山口を知ったことは、神々のお導きだと思われた。八重の死んだ良人は内務省の官僚であったが、彼が恩を施した男が、偶然にも、倉谷《くらたに》玄武のいる同じ村に生家を持っていて、そこで読書に親しみながら病いを養っていることがわかったのである。八重は長い手紙を書き、倉谷玄武に関する情報を、山口が逐一書き送ってくれるように依頼した。そのためには八重は表書に近藤家の名前を隠し、いつも正木なつの名を使った。村の郵便局から、近藤家の名が玄武へ洩れては困るからである。八重は乏しい遺産のなかから、山口の厚意をつなぐために、しばしば見舞金や品物を送った。山口はまず玄武の人相を知らせて来た。同じ村ですぐつたわる玄武の動静は、病人の暇つぶしに永々としらせて来た。玄武が村を離れる気配はなかった。もしその気配があれば、山口はすぐ電報をよこす手筈になっていたのである。

「あなたの気のせいですよ」

　と姑は慰めるように言って箸をとりあげた。しかし飯はもう咽喉をとおらなかった。

「でも、私、たしかに玄武だと思うの。本当に直感でそう感じたんですもの。……今夜は気をつけたほうがいいわ」

その律子の一言で皆はまた沈黙に陥った。

惣菜《そうざい》には誰もほとんど手をつけていない。まずそうに魚肉を少しむしって、やめてしまう。卓の上に醬油差や食塩の罎《びん》が鈍く光っている。醬油差の粗悪な硝子は多くの気泡を含んでいて、しじゅう醬油に染まっているので、混濁した黄いろをしている。八重がそばの食器棚から、うちわをとって、胸もとを仰々しくあおいだ。

「おお、暑い、暑い。それにこんな話をきかされちゃ、なおのこと食が進みやしない」

「ごめんあそばせね」

と嫁が詫びた。

「いいんですよ。それより虎雄さん、寝る前に庭を見てまわって、戸じまりも気をつけてちょうだい。何事も気休めだから。……それにしても、警察にはたのめないし、警察に洗いざらい話せばどんなに虎雄さんの恥になるか知れないし、もし世間に知れたら虎雄さんの将来にもかかわるかもしれないし、困ったことだね」

虎雄は不機嫌に黙っている。しきりに飯を掻込んでいるのは彼一人だが、それも機械的に口に運んでいるだけで、彼も不安に包まれているのがわかる。汗が額に粒立っているが、拭おうともしない。かたわらから妻の律子が手巾《ハンカチ》で良人の額を軽く拭った。虎雄は不愛想に、されるままになっている。

窓の網戸にしきりにぶつかるものがある。奈津が神経質にそのほうを振向いたが、窓の外をじっと見ているのは怖ろしいので、すぐやめてしまった。黄金虫が網戸にぶつかっているのである。

凪《なぎ》は去らず、暑さは重く垂れ込めている。潮騒は遠く轟いているだけだが、磨ぎすましている聴覚には、それがやかましく、邪魔にきこえる。

突然、奈津がこう言った。

「ああ、いやだ。いやだ。何の罪もない私までが、こんな思いをしなくちゃならないんだから」

治子が母親の放言に敏感に首をすくめた。口のはたに、皮肉な微笑ともつかぬ微笑をうかべ、大いそぎで自分の世界にとじこもってしまう。母の放言の反応が見えすいているのである。

「おや、それじゃ私や律子には罪があるっていうの？」と八重が言った。「そんなことを言われて、あなたにここに居ていただく義理はひとつもないんですよ。どこでも貸間を見つけてお引越しになったらどう？　そうすれば明日から、あなたはこんな思いをしないですむんですよ」

「お嫂《ねえ》さま、まあまあ。本気におとりになっちゃいやですよ。冗談じゃありませんか、ほんの。ねえ、虎雄さん、私が冗談のつもりで言ってるのに、お嫂さまったら。……一《いち》蓮托生《れんたくしょう》、って言いますでしょ。私、あの気持なのよ。一蓮托生って、ちょっと洒落《しゃれ》てるじゃないの」

自分で言って自分で奈津が笑い出した。笑いはまたしても気まずい沈黙の中に尾を引いた。

一家は義務的に食事を進めた。お互いに口をきかない。それでもいつものように、奈津がいちばんたくさん喰べた。

一家の飯の喰べ方にもちょっとした特色があった。まるで追い立てられているように喰べるのである。神経質に箸をうごかして、惣菜を少し喰べ、飯を少し喰べるという順序を、落着きなくくりかえす。黙って五人がそういうことをしているのは、檻のなかの動物の生態を見るようである。

窓ぎわの芭蕉の葉がかすかに動き、あけはなした厨口《くりやぐち》のほうから、風が食卓に通った。

「おお涼しい」

と八重が誇張した声を出した。しかし奈津がまた例の怖ろしい話題を呼び戻した。

「そういえば、……そういえば、思い出したわ。山口さんの手紙を読んだあとで、私にもそんなことがあったわ。あの頃は夢でよくうなされたもんですの。玄武という人の顔が、夢でははっきりしてるのよ。それとおんなじ顔を江ノ島電車のなかで、やはり昼間でした、私、はっきり見て、思わず声をあげるところだったわ」

「やっぱり錯覚なんだよ」と八重は応じたが、その話題にかえったことが、必ずしもいやだという様子ではなかった。「きょうの律子さんのと同じ錯覚なんだよ。夢では私は毎晩のように見ますからねえ。虎雄さんもきっとそうでしょうよ。とりわけ息子さんの顔をよくご存じだから」

妻楊枝《つまようじ》を使っている虎雄は、不快そうに顔をそむけた。顔の角度の加減で、眼鏡が非人情にきらりと光った。律子が朗らかな調子に戻って言った。

「庭じゅう、少くとも、家のまわりだけ、砂利を敷けばいいんだわ。夜になると私いつもそう思うの。そうすれば跫音《あしおと》がきこえますもの。砂ばっかりだから、きっと人が近寄っても、きこえやしませんわ」

「そんなお金はありませんよ」と姑が言った。

「まあ山口さんを知ったからいいようなものの、今でもときどき、夜中にはっとして目がさめるものね。もう八年ですよ。虎雄さん、あれからもう八年ですよ。八年というもの、安らかな日は一日もなかったんだからねえ。律子さんも八年間ね……」

姑と嫁は見交わした目のなかに、お互いの八年間の絶え間のない不安を読んだ。夜が来る。すると一家は世間とのつながりを絶たれ、じかに暗黒に直面してしまう。ほんのわずかな物音にも、家じゅうが起き出して、食堂に集まって、ひそひそ話をすることがある。朝は厨の前の砂の上の足跡が牛乳配達のそれであるかないかが、永いこと議論される。夜ごとの悪夢は、少くとも一家の誰かを襲う。玄武が現われる。年老いた六尺ゆたかの巨漢が、枕もとに立ちはだかって、薪割りを寝ている人の頭へ打ち下ろそうとしているのである。

一家は行方《ゆくえ》をくらますことなどはできなかった。虎雄の勤め先は東京にあり、この海岸は通勤しうるぎりぎりの距離にあった。それに戦災で東京の家を焼かれてから移転したここの住所を、どういう手蔓でか、玄武はつき止めていた。

……律子と治子が食卓の上のものを厨へ下げた。皿を洗う水音がして来た。あとには、三人が黙って腰かけている。虎雄は煙草を吹かしながら新聞を呼んでいる。

「いつか来るんだね」と八重が言った。

奈津は急に顔を強《こわ》ばらせて、八重のほうを見た。影は痩せた両頰に流れ落ちている。

「何が来るんです」

「いつか来ると言ってるんですよ。虎雄さんも覚悟しなければね。私も覚悟しています。もっとも私は老先が短かいんだから、今ではそれが来るのをたのしみに、むしろ生き永らえているようなものだけど、律子や、それから治子なんかの若い人が可哀想《かわいそう》だ」

「私も可哀想だ。あはは、自分で可哀想だなんて」と、また奈津が一人で笑った。

沈黙の中に、虎雄が新聞を折返す音が大仰にきこえる。

玄関のベルが鳴った。

三人は顔を見合わせた。台所の二人は食堂へ駈け戻った。五人は食卓を央《なか》にして立ちすくんでいる。声が出ない。今ごろ突然の訪客があることはなかった。

虎雄が体をめぐらした。玄関に出ようか出るまいかという素振りを見せたのである。

八重が遮《さえぎ》って、虎雄の耳もとで力強く言った。

「下手に抵抗して怪我《けが》をしてはつまりませんよ。玄関へは私が出る」

八重は応接間の明りをつけ、さらに玄関の明りをつけた。食堂では三人の女が虎雄の周囲に固まっている。虎雄は屍《かばね》のように蒼くなり、奈津は娘の手をしっかりと握っている。

玄関の声をきくと、一同はほっとした。

「正木さん、電報です」

という配達夫からの声がひびいて来た。

「私かしら？　何だろう」

と奈津が身を乗り出した。

「おばさま、きっと山口さんからよ。近藤って名前が使えないからよ」

律子が奈津の袂《たもと》を引張ってそう言った。

八重は電報を読みながら、玄関から客間、客間から食堂へと歩いてくる。顔には喜色があふれている。四人は走り寄って、八重のまわりを取巻いた。

「倉谷玄武死す。山口」

と書いてある。

八重は電報を一同に渡すと、ぐったりして、客間の籐椅子に凭《もた》れた。ほかの四人の歓声にまかせて、いつまでも目を閉じて坐っている。ひどい疲労を感じていたのである。

「お姑《かあ》さま、どうなすったの」

と律子が寄ってきて、その腕をゆすぶった。

「よかったわね、お姑さま、もう安心だわ」

「これで安心です。万一警察の証拠書類に、とっておいたあのいやな八通の手紙も、焼いてしまっていいわけだね」

八重は重々しく身を起こして、壁際に飾ってある白檀《びゃくだん》と象牙《ぞうげ》の小筥《こばこ》をあけた。中には年ごとに玄武から来た八通の薄い手紙が入っている。一枚を封筒から出して、八重は読んだ。

「近藤虎雄よ。

俺の愛する息子に戦犯の罪をなすりつけ、お前の部下たる彼を絞首台に送って、自分はのめのめと日本に帰って来たな。父親として俺はきっとこの復讐をする。俺の憎しみはお前一人を殺すだけでは足りぬ。いつの日か必ずお前の一家を皆殺しにしてやるから、そのつもりでおれ。

——倉谷玄武血書」

手紙はどれも褐色に変色した血で、不快な、いとうべき色をしている。八重は手紙の束をもって食堂へゆき、電熱器の上に十能《じゅうのう》をかけ、それに手紙を放り込んだ。一家は黙って八重のこの冷静な振舞を見戍《みまも》っている。夜の海のどよめきがつたわって来る。電熱器のコイルが徐々に熱して来、その軽い弾けるような音がしている。火はまだなかなか燃え移るにいたらない。しかし手紙の血の色は、褐色のまま透かされて、燃え出す前からその不快な匂いが鼻をつくように思われる。手紙に早く火がつけばいい。しかし火がつくのも怖い。一家は電報を見たときの安堵も忘れて、また別の不安に包まれている自分たちを見出だした。

治子は一家の人よりも、一歩退いて、手紙に火の移る刹那を見ていた。彼女の慄える手はみんなが趣味のわるいという自分のプリントのワンピースの裾をつかんでいた。そこで老嬢は、自分でも思いがけず、一家に新たな希望を抱かせ、一家を再び恐怖へ向かって鼓舞するような怖ろしい文句を吐いたのである。

「電報なんてあてになりませんわ。きっとあの電報は、生きている玄武が打たせたんです」

水　音

烈しい夏の日ざしを見ると、喜久子《きくこ》は自分ももう永いことがないのだと感じる。窓からはせまい夏空に勢《きお》い立っている積乱雲の片端が見える。隣りのパチンコ屋のトタン屋根が、その反射を、喜久子の寝ている二階の天井へ投げかけている。階下の厨《くりや》の流し場は、細い溝を隔てて、パチンコ屋の家族の寝間に接している。

夏にわけても耐え難いのは、パチンコ屋の騒音である。かけつづけの客寄せのレコードが、拡声器から割れた不分明な音になってひびくのはもとより、玉の入ったしるしの鈴音、玉の流れ落ちる音までつぶさにきこえる。それは工場や何かの規則正しい騒音とちがって、不規則な、焦躁をそそる、たえず神経をおひゃらかしてかかる音である。平日の白昼はさほどではないが、日曜日には昼すぎから、その音が繁くなった。

きのうは民生委員がたずねて来て、喜久子がはやく、民生保護の施療病院へ入るようにすすめた。

あの民生委員はいい人だ。不幸というものの酢漬になったような人だ。痩せて、謹直で、すこしも同情的言辞を弄しないところが喜久子は好きだ。あの人の一人息子は、小児麻痺で暗い古い家の中に坐ったまま、終日、篆刻《てんこく》にいそしんでいる。息子のところへは、よくいろんな人が、印形をたのみに来るそうである。

喜久子は自分が結局施療病院で死ぬことになるだろうということをよく知っている。死ぬために入るなら、いよいよという時期まで待ちたいのである。それに女手のないこの家で、朝と昼の明るいうちの炊事は、喜久子が這い出して行ってすることになっている。夜の食事は、二十一歳の兄の正一郎《しょういちろう》の担任である。男では何もできないから、夜はパン食ですますことが多い。

そればかりではない。隣りのパチンコ屋は店の拡張を企て、いい条件でこの家を買おうとしている。家主は一家を追い立てている。

『どうしてもここを出て行かなくてはならなくなる時、その時でも私が施療病院へ入るのはおそくないわ』

と喜久子は目算を立てている。一家は民生保護生活者であった。

喜久子の枕もとには痰壺が匂っていた。痰はとるそばから咽喉に詰まった。しかし咳をして痰壺に痰をするためには、大そうな努力が要った。そのたびに、重苦しい繁瑣な手続を辿るような気がした。夜になると寝汗が全身を濡らすのに、暑い日中にはふしぎと汗が出なかった。皮膚は冷たく乾き、弾力をなくして、体の奥のほうにいつもしこりのある熱が澱んでいた。

蠅が喜久子の顔の上に来た。払ってもまた来ることがわかっているから、顔にとまるに任せた。蠅はしっとりした足の裏で、せせこましく歩いた。腕にとまると、その緑いろに光っている胴がよく見えた。健康で油ぎった皮膚の人間には、みんな蠅のようなところがある。蠅は腐敗を好むほどに健康なのだ。

喜久子は掌の窪にジャムを少し塗ってじっとしていた。つけ上った蠅が、そこにとまって来て、吻《くちさき》をジャムの薄い層にさし入れた。皮膚がかすかに吸われている感じがした。喜久子は急に掌をとざした。掌の中は羽搏きでざわざわした。こんなにうれしい、幸福な気持は、どんなに久しぶりだろう。喜久子は指のあいだへ指をさし入れて、蠅の羽根を、慎重にたのしんでむしった。

羽根のない蠅を、喜久子は枕のそばに置いて永いこと眺めた。蠅はじっとしていた。飛ぼうと思って飛べないので、歩くことにも見切りをつけたのに相違ない。羽根を失った蠅の形は、何か一そう不快に肥って、輝やいてみえた。喜久子はその蠅と対話をした。

「蠅さん。私はちっとも残酷ではないのよ。死んでゆく人間は、何か希望を持たなくちゃならないし、そのためには、私はどんなことにだって希望を持つ権利があるんだし、ある人は死に際まで、治ることに希望をつなぎ、私は……、そうね、私は、蠅という蠅が羽根を失くしたりするような具合に、世界が一どきにがらりと変ることに希望を持ったっていいわけだわね」

夏の日は、思いがけなく雲に遮られ、暗みわたることがあった。そうすると、どこからともなく風が起こった。蠅は風にころがされて、汚れたシーツの糸目にしがみついた。こいつの羽根をむしったこと、それに類するちょっとしたこと、しかし十分細心に慎重にそれをやれば、がらりと変わった世界を、垣間見《かいまみ》ることができる……。

……階下の硝子戸《ガラスど》のあく音、梯子段《はしごだん》のきしむ音、その音でもう病人には、入って来るのが父親の謙造《けんぞう》だとわかる。

建付のわるい硝子戸ではあるけれど、あんなによたよたとあける芸当は、誰でもできるというわけには行かない。梯子段を一段一段、念入りに足でかぞえるようにして昇ること、それも同断である。足の裏の汗ばんだ土踏まずまでを、一段一段板にこすりつけるようなあの上り方。

謙造は上って来て、部屋の入口にしばらく立っている。その立っている気配がずいぶん永い。それから、

「こうっと」

と言った。何かにつけてこの古風な間投詞が、謙造の自己弁護になった。

謙造は前をはだけた浴衣《ゆかた》で、病人の枕許にあぐらをかいた。団扇《うちわ》をとってあおぎはじめる。その団扇がときどき不器用に体のそこかしこにぶつかり、痩せた胸の肋《あばら》にぶつかる音がきこえる。

喜久子は目をあげた。父親は上から娘の目をのぞき込んだ。

「今日はもうだいぶよさそうだ。もうじきに直るだろう。昨日より顔色がずっといい」

と父親は毎日の紋切型の慰めを言った。それを歌うように言うのである。

「また散歩に行ってたの?」

「ああ、ずいぶん歩いた。歩くのは健康にいいし、遠くへ行けば行くほど、通行人が俺のことをとやかく蔭口をきいたりしないからな。それにこのごろは牡丹餅《ぼたもち》が払底《ふってい》でな。これも不景気のせいかしらん。となりのパチンコ屋があんなにはやっているのに、牡丹餅ばかりが不景気じゃ」

謙造はまたその最後のところを歌にして言った。

「牡丹餅ばかりが不景気じゃ。お狐さアまの牡丹餅は。……そうら、二里も歩いて、やっと湯気の立っているやつを買って来た」

彼は袂《たもと》から異臭のするものをつかみ出して畳に置いた。馬糞である。それから鼻緒の切れた子供の小さい下駄の片っぽと、パチンコ玉七個と、妙な濡れた紙屑と、ひしゃげたビールの蓋と、そういうものがつぎつぎと畳の上に並べられた。謙造は、ふしぎな虚栄心から、拾ったものを、いつも買ったと言い、拾ったと言われると怒るのである。

「いいものを買ったのね」

と病人は感情をまじえないやさしい声で言った。そう言いながら、ジャムの小さい壺を反対側の枕もとへ置きかえた。真夏の灼熱した鋪道からもって来られた新鮮な馬糞の匂いが、大事にとってある古い腐りかけたジャムの匂いを犯すような気がしたから。

……この漂流物。都会近傍の汚ない海が、波打際によくこういうものを送ってよこす。下駄、紙屑、ビールの金蓋。貧乏というものが想像力の余地をのこさない、というのは嘘だと喜久子は思う。喜久子は父親の拾ってくるこういう漂流物にかこまれた自分を、漂っている溺死体だと考えることを快く感じる。ずいぶん行かない海。こんな暑い日に、水にうかんで死んでいるのはさぞ涼しいだろう。現に乾いた汗は潮風のように、彼女の肌を塩辛くしている。

　謙造は脳のわずらいがひどくなってから、いよいよ自己弁護に熱中して、言うことなすことが、みんな「可愛い娘のため」ということになっていた。

「俺はいいお父つぁんだろう。なあ、喜久子。俺はいいお父つぁんだろう」

「はい。いいお父つぁんよ」

「そうだともよ」

　娘の素直な返事をきくと、謙造は安心するように見えた。

「いいお父つぁんだろう」というその言葉をきくと、喜久子の体は痒くなる。死んだ母親の痒みが、九年もたつ今、まざまざと娘の体に蘇ってくるのである。喜久子の母は、戦争がすんで間もなく、栄養失調で死んだ。顔も手足もむくみ、全身を疥癬《かいせん》に犯され、たえず痒さに呻いた。

「痒いよう。痒いよう。喜久子。おっ母さんが死んだら、きっと仇をとっておくれ。おっ母さんの仇はお父つぁんなんだよ。忘れないでおくれ。おっ母さんを殺したのはお父つぁんなんだよ」

　母が起き上れないようになってから、謙造は女の家に入りびたっていた。女は一丁ほど先の焼け残ったアパートに住んでいた。十歳の喜久子は、母の死をそのアパートにいる父親のところへ知らせに行った。謙造はにこにこしていた。事によったら、そのころから病毒が脳を犯しはじめていたのかもしれない。

あれは春のことで、焼け残りの桜が粉っぽい花をつけていた。女が喜久子に紙の袋に入れた菓子をくれた。そのころまだ珍らしかったアメリカの菓子である。父親は家へかえりがけに、その飴を一つくれと娘に言った。娘は何故かしら頑強に拒んだ。母の死で胸がいっぱいになって、喜久子自身は喰べる気もなかったのに。

父親はにこにこしながら、しつこくせがんだ。二人は午前の焼趾の壊れた歩道を歩いていた。とうとう謙造が紙袋に手をつっこんで、ドロップスの一包みをとりだした。立止って銀紙を剝き、二粒を出して、一粒は自分の口に入れ、一粒は泣いている娘の口に押し込んだ。飴を大仰にしゃぶって、とろけた口調で謙造が言った。

「喜久子や。戦争もすんだし、今度はいい洋服を買ってやろうな」

「要らない」

と喜久子は言った。

「要らんことがあるものかい。なあ。買ってやるからな」

家の中では、死んだ母親の枕許で兄弟が泣いていた。父親は上り框《がまち》で、口の中を指で搔きまわすようにして、唾液の糸のついた飴を指にとって土間へ投げ捨てた。そしてつかつかと屍のそばへ行くと、涙声で、蒲団からあらわれているむくんだ足に顔をすりつけてこう言った。

「かあちゃん、すまんな。苦労をかけたね」

……喜久子は永いこと、この父親に合槌を打って来た。何故だかしらない。そして今もそうである。何か最初に合槌を打たずにすませる機会を逸したのだ。思えば母親の死がその好機であったのに。

今も謙造が、「暑いな」と言えば、「そうね」という。「いいお父つぁんだろう」と言えば、「そうね」という。百貨店の屋上の子供の遊び場へ、よく謙造は遊びに行って、帰ってからその永い報告があるが、それにも喜久子はいちいち合槌を打つのである。

喜久子はそういう自分に対して怒らない。ろくろく薬も与えられずに、ただ病気をうけ入れてきたこの忍耐づよい娘は、もう自分に対して何の要求もなければ、何の酷薄さも持っていない。彼女の魂は外部へひろがっていた。夜になっても閉じない花のように、この暗い魂は、外部へあふれていた。外部がちょっとでも変わればいい。それを待つ。そうすればすべてが変貌する。

パチンコ屋のかすれたレコードのあいだに、この家のトタン屋根がゆっくりきしむ音が下りてきた。多分猫が歩いているのだ。この炎天に、灼けたトタンの上を歩く猫の蹠《あしうら》は、まるで何も感じないように沈着だ。

喜久子の顔が翳った。

謙造がじっと病人の顔の上へ顔を傾けていた。手がのびて娘の胸にさし入った。その手がまっすぐに懐ろに入って来た。喜久子は何のことかわからずに、仰向いて父親のたるんだ咽喉の皮膚を見た。彼女の目尻は痛んだ。謙造は笑っていた。

喜久子は大声で叫んだ。父親の掌が彼女の乳房を、ゆっくり愛撫していたのである。

正一郎があわただしく梯子段を上って来て、父親の肩を押えた。

「お父さん、何をするんです」

「何もしやせん。介抱してるんじゃないか。胸が痛むというから、あんまをしてやってるんじゃないか。何だ。大きな声を立てたりして、大袈裟な」

「さあ、もう昼寝の時間ですよ」

「昼寝か、よしよし。……こうっと」——謙造は素直に立上った。

「お父つぁんは、よく言うことをきくだろう。いいお父つぁんだろう。なあ、喜久子や。それじゃあ、ちょっと昼寝をしてくるからな」

謙造を寝かせると、正一郎は例の拾いものを片附けに二階へ上って来た。

正一郎は小柄で体軀はしっかりしているけれど、顔色は光沢がなくて白い。少し上向きの鼻に、はじけたような形の唇をしている。目だけが異様に澄んで、薄い茶色の瞳には、澄みすぎてどこか焦点の定まらない感じがある。

謙造の本職は洋服の仕立屋である。二台のミシンの一台は質流れになり、一台はまだとってある。アイロンやアイロン台や、アイロンをかける前に水を刷くための盥《たらい》や、裁断机などは、まだ店先にとってある。正一郎が家業を継いでいるからである。

しかし注文は少しもない。近所からズボンの繕いをたまにたのまれる程度で、仕立の注文は皆無であった。一家の生計は次男の茂二郎《しげじろう》が、昼間紙函工場へ通ってもらって来る給料で立てている。茂二郎はまた夜学へ通って、医学生を目ざしている。

正一郎はというと、むかし小説家になろうと思った。書き溜めた原稿がいくつかあった。喜久子がその原稿のよい読者になった。父親と喜久子の病状が進んでから、彼はこの野心を捨てた。

正一郎と喜久子の兄妹の間には、やや感傷的な愛情があった。正一郎は喜久子が死んだら生きてはいられないとしばしば訴えた。

正一郎は無感動に拾い物を片附けた。しゃがんで馬糞を片づけているその後頭部の絶壁頭《あたま》が、咳いている喜久子の目に霞んでみえる。咳きながら、喜久子は、兄さんの頭に店の定規をあててからかった子供のころを思い出した。正一郎は決して怒らない子で、そうされても、ただむっつりしていた。

「兄さん」

と喜久子はこじれた声で言った。

「何だい」

「このあいだ頼んだもの買って来てくれた?」

兄の返事はなかった。

部屋には西日がさし入り、細い矩形の日光が窓の下に燃えていた。パチンコ屋はしばらくしんとしている。

「どうして買って来なかったの」

「今日は暇がなかったしな」

「だってお客はちっともないでしょう」

「誰が留守番をするんだい。おやじはふらふら出かけて歩くしさ。それにあの買物をするのに、おやじに留守番をたのんだら、寝覚めがわるいだろう」

「気が弱いのね。そんなことじゃ、いつまでたったって埒《らち》が明かないわ」

「委せておきな。ちゃんと好い折りを見てやるから」

「だってもう十日も前からたのんでいるのに」

喜久子は兄の無気力がきらいであった。だから永いこと、自分が兄の無気力に点火して、その火が燃え上るのを夢みていた。

実際この兄妹の愛は恋愛に近いもので、二人の間を妨げているものは、羞恥と怖れに他ならぬと思われた。それだけに一つ屋根の下に暮しながら、これほどお互いに未知のところを豊富に持っている兄妹はめずらしかった。何かの瞬間に、二人がほとんど凶暴な理解で結ばれれば、そのとき二人にとって、できないことは何もないだろう。

正一郎にとっても、十日前に妹がその買物のことを言い出したときには、妹がとても怖ろしく、未知の人のように感じられた。しかも妹は見抜いていた。むかし読まされた兄の小説のことから、話を切り出したのである。

「ねえ兄さん、五年も前に、『西瓜《すいか》』って小説を読ましてくれたわね。私はまだ十四だった……」

「俺が夜学に通っている時分だったな」

「そうだわね。私、むつかしくて、よくわからなかったけれど、おしまいのところはよく覚えてるわ。兄さん、覚えてる?」

「覚えてるさ。俺が書いたんだもの」

二人は共通の記憶に向かい合って黙っていた。その筋はこういうのである。大病の父親が苦しむのを不憫に思って、息子が青酸加里を入れた西瓜を父親に喰わし、そのあとで自分も喰って、朦朧状態で最後の会話を交わす。

「『よくも一服盛りやがったな』ってお父さんが言うんだわね」

「そうすると息子が、『ね、一緒に死ぬんだから。お父さんも安らかに死んでください』って言うんだ。そうすると父親が……」

「たしかこう言うんだわ。『親不孝者! お前が息を引きとったところを見ないうちは、俺は死んでも死にきれない』って」

「そうして、そう言いながら、父親は死んでしまうんだ」

そこまで言ったとき、正一郎はぞっとした。妹が何を言おうとしているのかわかったのである。

「兄さんはあの小説で嘘をついているのね」

「嘘って何だ」

「不憫に思って父親を殺すなんて嘘だわ。あの小説を書くちょっと前、お母さんの命日の日に、兄さんが坊さんを呼ぼうとしたら、坊主を呼ぶなんて無駄だって言って、お父さんが兄さんを叱って頰っぺたを打ったわね。そうして坊さんを呼ぶためにとっておいたお金をもって、お父さんはぷいと家を出て、五日もかえって来なかったのよ。そのあとで兄さんがあの小説を一生けんめい書いていたわ。兄さんはお父さんを憎んでいて、それで殺したかったんだわ」

正一郎は妹のいうままに、すぐ青酸加里を買いに行こうとはしなかった。しかし手に入れる目安はついており、足のつかない場所にそれを譲ってもらう目星もついた。それは下町のほうの錺《かざ》り屋で、神輿《みこし》の金具を磨いたりするのに需要がある。軒下の桶に工業用青酸加里が、無雑作に入れてあって、そこへ行けばわけなく手に入った。

その日以来兄妹は二人きりでいると、その話題に声をひそめることで平和な気持になった。二人の間には本当の理解が生まれ、八方ふさがりの生活に一縷《いちる》の希望が生じたのである。

父親を殺したら！　父親を殺したら！……それで遺産や保険金がころがり込むわけではなし、くらしに少しでもゆとりができるわけではない。しかしこの殺人の仮定の下に、兄妹ははじめて夢みることの自由を与えられるような気がした。そのときこそ、奇蹟が起こるかもしれなかった。

喜久子は横向きに寝返って、いつのまにか雷雲にとざされている空を眺めた。積乱雲の上辺は歪形にひろがり、空の半ばがすでに黒く染められていた。遠雷はまだ微かであったが、その深い轟きは隣りの軽躁な騒音を覆って、それらの雑多な町の音を握りつぶそうとしている雲の彼方の大きな見えない掌のように思われた。

「兄さんに、はい、私のお形見、二百万円の宝石よ」

と喜久子が手をのばして兄に与える身振りをした。この遊戯に馴れた兄は、指の短かい無骨な手をさし出した。

「はい。ありがとうよ」

喜久子はこのごろふしぎな遊戯をした。父の死後、喜久子がある高貴の人の別荘に迎えられて、そこで贅沢に死んでゆくという遊戯である。その物語に従えば、喜久子はある高貴の人の落胤であったことが判明するのだ。

「お父さんが死ぬまで、その家の人は、怖がって私を迎えに来ないんだわ。だってお父さんはそうと知ったら、きっとお金をねだりにゆくもの」

別荘は静かな湾に臨んで断崖の上にあった。そこで喜久子は贅沢な寝室に横たわり、海を見ながら死ぬ。どうせ死ぬのだから、やりたいことは何でもさせてもらえる。何も喰べたくないから御馳走は要らない。着物も要らない。彼女は女中にいいつけて、お形見を買いにやらせようと思う。兄には宝石、弟には自動車、貧しい子供たちには、十日かかってもたべきれないほどの大きなお菓子。喜久子は満足した老婦人のように微笑して死ぬだろう、日の出のすこし前に。その日の旭は、多分彼女の顔を覆うた白布を透して、細かく柔らかに漉されて、彼女の頬に届くだろう……。

……部屋の中はすっかり暗くなった。稲妻がさし入って、喜久子の目に映り、その目が青い光りを宿した。喜久子の次の言葉は雷鳴に掻き消され、ために兄は訊き返さなければならなかった。

「兄さん！　私の枕許に羽根のない蠅がいるわ。それを捨ててちょうだい。私怖いの」

兄は妹の枕のかたわらを這っているそのふしぎな形をした生き物を見た。彼はそれをつまんで、窓のほうへ投げ捨てた。それも父の買物の一つだと思ったのである。

「それが宝石だわ」と喜久子は笑いかけたような表情で言った。「それが兄さんに上げた私のお形見の宝石だわ。兄さんは捨てちゃったのね。緑いろと金いろのすばらしい宝石を」

喜久子は雷鳴を怖れなかった。子供のころから気丈で怖れなかった。次の雷鳴が来たとき、矢継早やにさらに次の稲妻が、痰壺や古い簞笥や三色版の額の画などの室内の風景を凍らした。雨が薄い屋根を搏ち、喜久子の顔にじかに落ちかかるような雨音を立てた。窓框は繁吹《しぶき》を立てた。

「ああ雨だわ。うれしい！」

正一郎は妹が何かの加減で「うれしい！」と叫ぶとぞっとした。死を待つばかりの病人が叫ぶこの言葉には、何か残虐な響があった。彼は立上って窓の引戸を閉《た》てる。そうしているあいだも、この男のやさしい心は、さきほどの妹の例の形見の遊戯に対する耐え難さでいっぱいになっている。

妹はやがて死ぬだろう。死ぬまえに妹の希望を叶えてやらなかったら、自分は一生後悔に苦しむだろう。そこに彼は、自分がやろうとしていることの弁明を見た。

＊
＊＊

道で行き会った昔の学校友達が、正一郎に音楽会の切符をくれた。音楽会と言っても、それはK球場で夜間にひらかれるナイト・コンサートである。正一郎は一人でそこへ行った。開演の七時にはまだ間があるのに、内野の二階席はすでに満員である。正一郎は紙屑のちらかっているコンクリートの階段を昇って、三階席のなかほどに席をとった。

薄暮のことで、暑気はやや衰えていた。球場のその高みには微風が通った。

内野の外れのところに舞台が組まれ、舞台の背後には外野の美しい芝生がひろがっている。周囲は暮れてゆくのに、芝生が照明をあてられて、明快な緑を展《ひら》いている。草の香りがこの高みにまで届くような心地がする。暗い家からしばらくのがれた思いに、正一郎は息をついた。

新聞社の写真班はカメラをきらめかせてその芝生に寝そべり、楽人たちは楽器の音色をためし、はるかかなたには街の凹凸の地平線がひろい半円をえがいていた。自動車のクラクションが遠景のそこかしこに響き、省線電車が橋下の駅を出るときに、その小さな灯の一連《ひとつら》が、遠くまで車輪の軋りをつたえた。空はまだすっかり暮れてはいなかった。そこで地平線にちかいビルは、切抜細工のような扁平な影絵になった。しかしネオンはほうぼうで光る水すましのように活潑にうごきはじめ、球場に一等近い広告塔は、マーガリンの商標の栗鼠《りす》を明滅させた。『風景が、とても、おそろしく澄んでいる』と正一郎は思った。『夏の一日のおわりの涼気のためだろうか？　それともこの市民の音楽会に、俺がたった一人で来ているためだろうか』

そのとき、前に席をとっておいて、戻って来たらしい二人づれが、正一郎の横の石段を下りて来て、席に坐った。二人づれと言っても、明らかに父娘《おやこ》である。父親は頭の禿げた、どこかの大銀行の小使といった風貌で、古い黒背広をきちんと着けている。娘は清潔なセイラー服を着て、このごろの娘にめずらしく二つに分けて編んだつややかな髪を両肩に垂らしている。

席につく。父娘はプログラムを見せ合って話しはじめる。父はいかにも頑《かたく》なな顔つきだが、娘が可愛くて目の中に入れても痛くないといった調子なのである。

そうした様子すべてが、ベートホーフェンの田園をききに、球場の三階席へ来る小使の父娘、おそらく母親を早く失くして父一人娘《こ》一人でくらしてきた生活、娘の服装にも当世風な汚濁の影に抗している心意気を見せようとしている父親の配慮、娘によい音楽をきかせ、まっとうな教養を授けようとする父親の夢、音楽会からかえって茶の間の燈下での、今夜きいた音楽に関するさまざまな語り合い、明日の活動にそなえる健康な早寝……、そういうもののすべてを物語っている。

――内野の中央を横切って、メス・ジャケットの外人指揮者が現われた。白い上着と高潔な白髪が照明に映えている。拍手がどよめき、彼は指揮台に立ち、棒をおだやかに上げて楽人たちを制した。場内は静かになった。

そのとき例の父娘のうしろの客が、声高《こわだか》な私語を交わしたので、禿げたダンディーの小使は、腕組みをしたまま首をめぐらして、「しいっ」と言った。

ベートホーフェンの田園がはじまった。

第一楽章がおわったころから、地平線と空との境界は闇に没した。音楽は風につれて、強くきこえたり、弱くきこえたりする。風の波が、音楽を歪めようとする。

しかし正一郎は、音楽をはっきりきいているとはいえない。その目は遠い地上の舞台の管楽器のきらめきを見るよりも、ともすると前方の父娘《おやこ》の後姿に惹きつけられた。

正一郎は嫉妬や羨望を感じているのではない。この無力な二十一歳の若い仕立屋は、もっと鼻が利いた。貧乏には独特の匂いがある。貧しい人たち同士はそれで嗅ぎわけるのだ。小使の父娘には、正一郎のそれほど濃くはないが、やはり同じ匂いがした。

『俺はおやじが強力で、目の上の瘤だから殺すんじゃない』と彼は心に独り言をした。『無力で、無抵抗で、生ける屍だから、殺してやるんだ。俺は別に卑怯じゃない。だって、喜久子にそそのかされなくても、俺がこんなに親爺を殺したいという誘惑にかられるのは、親爺を殺すことが、ちゃんと筋道の立ったことだからだよ。俺は律儀者だし、いくら困ったって、盗みなんかしたことはない。でも、親爺を殺すのは、筋の通ったことだ』

恐怖から殺すのではない、という確信が、彼の矜《ほこ》りに安堵を与えた。謙造がいつも誇張して、みんなに押し売りしているあの粘ついた紐帯。俺は親で、お前たちは子だ、としじゅう主張しているあの押しつけがましい正気。（あれだけは決して狂気ではない。）

その上、「いいお父つぁんだろう」という不断の自己弁護。今になってゆるしを乞うようなあの眼差。……そういうものをみんな断ち切ることが必要なのである。

可哀そうな妹。彼女は寝床に縛りつけられて、一日に何度となく襲いかかるその蜘蛛《くも》の糸から身をかわすことも叶わず、兄や弟との離れ難さに病院にも入らず、それからのがれる道が死のほかにはないと知っていて、せめて死の前に、この糸を絶ち切りたいと思っている。

こういう妹の気持が、目の前のまるで対蹠的な父娘を見るうちに、正一郎にはいよいよ鮮明にわかって来た。

——音楽は平和な田園に雷雨の訪れる件《くだ》りになった。大太鼓が雷鳴をきかせた。正一郎は二三日前、妹と話しているうちに襲ってきた雷雨を思い出して、胸が締めつけられるような気がした。

拍手が鳴る。音楽がおわる。休憩になる。

正一郎はもう一息で立って行こうという心境にいるが、不安に縛しめられて、体を動かすこともできない。煙草も喫もうという気持になれない。

第二部がはじまった。皇帝円舞曲や「蝙蝠《こうもり》」である。ワルツは心を浮き立たせずに、心の表面をけば立たせるように思われる。正一郎はワルツの途中で席を立った。

下町の心当りの錺《かざ》り屋へ、妹にたのまれた買物をしに行った。

＊＊＊

あくる日の午後、喜久子は兄の手から小さな紙包をうけとった。寝床の上に坐り、折り畳んだ紙包を丁寧にあけた。風で吹き散らされぬように、予《あらかじ》め窓をすっかり閉め切ってあるので、大そう暑い。

白い結晶を見ると、喜久子はいかにも幸福そうな恍惚とした表情をした。

「さわってみてもいい？」

「およし。〇・一五瓦で致死量なんだ。俺、本でちゃんと調べたんだ」

兄は妹の手からそれをとって、丹念に包み直した。

「どうやって呑ますつもり」

「親爺の湯呑茶碗に入れておくよ」

「またお父さんは散歩に出かけてるわ」

「夕方までにはかえるだろう。咽喉が乾いているからすぐあの茶碗で水を呑むよ」

「このこと茂ちゃんには内緒よ。あくまでも内緒よ」

「そうだ。俺もあいつを引き入れるつもりはないさ」

兄は簡単にそう言って階下へ下りた。

——喜久子がこんなに待遠しく父の帰宅を待ち侘びたことはなかった。日ざしのうつろいを測って、西日がその机のところへ来るまでに、父がかえって来るだろう、と心に占ったりする。パチンコ屋の単調な騒音を、彼女ははじめて自分の希望に当てはめて聞いた。その鈴の音を数えたのである。

こうしていると、すでに喜久子の環境はいちじるしい変貌を示した。一つ、二つ、三つ、四つ、五つ、……と喜久子は鈴音をかぞえる。その数のうちの一つの時に、父が散歩からかえって、湯呑茶碗で水を呑むかもしれないのである。昨日まで彼女を苦しめた鈴音は、きょうは彼女の味方である。すべてが彼女に力を貸し、はげましてくれるように思われる。

皮肉なことに、今日に限って、謙造の帰宅は遅かった。五時がすぎた。謙造はかえらない。すると喜久子は別の希望と空想に、急に心が燃え、動悸が高まるような気がした。『神さまが助けて下さったかもしれないんだわ！　私たちがいよいよ実行に移そうと決めたその日に、私たちを罪に落とさないように、神さまが御自分の手で、お父さんを殺してくださったのかもしれないわ。お父さんの病気はいつ発作を起こして倒れるかもしれないっていうから、路に倒れたところを、きっとトラックが走って来て……』

そこまで考えると、喜久子は昂奮しやすい頬の薄い皮膚を紅潮させた。空想上の歓喜が、病人をじっとさせてはおかなかった。病床から起き上り、階下へ下りた。いつもは這うようにして下りるのであるが、蘇った人のように、壁に手をかけてしっかりした足取で下りた。

そのときたまたま、土間の硝子のあく音がしたのである。喜久子は急な梯子段の途中で立ちすくんだ。

しかし戸のあけ方は、あのたるんだ、特徴のあるあけ方ではなかった。勢いのよい若若しいあけ方である。稀なことだが、茂二郎の帰宅が父よりも前になったのだ。

「姉さんただいま」と茂二郎は言った。「おや、きょうは元気そうだね」

茂二郎は白い開襟シャツを着ており、この間の日曜、工場の人たちとたった一日海水浴へ行っただけで真黒に焼けた肌が、そのシャツの白を際立たせている。彼は身に着けるものを自分でいつも小まめに洗った。

茂二郎はこの家族の中では、まるで不幸の水を弾いてしまう防水布を着ているようであった。どこにでもいるこの快活な少年は、その「どこにでもいる」という感じを与えるだけですでに驚異だった。喜久子や正一郎が歩いていれば、遠くから、まぎれもない謙造の家族だということがわかったであろう。

喜久子は病人のひがみから、ときどき茂二郎の快活さを、エゴイズムととりちがえることがあった。しかしその快活さには、作られたものは微塵《みじん》もなかった。まして病人の気を引き立てようとしたり、一家の空気を明るくしようと企らんでいるのでもない。その窄《せま》い若々しさが、あらゆるものに目をつぶる能力の源《もと》であった。家の事情を知っている工場の上役は、彼のすこしも影のない性格を愛して、給料を上げてくれたりする。これも誤解の一種で、上役は、こんな家庭にいながらいつも明るい彼を、見上げた奴だと思っていた。

茂二郎には独創的なところがすこしもなかった。つまり性格がなかったのである。映画を見るにも、友達がすすめる映画をいい映画だと思い、本は人が貸してくれるものを読んで満足した。姉や父の病気を見て、自分は将来医者になるのが、社会的な当為だと考えた。すべてを深刻に考えないおかげで、夜学の成績もかなりよかった。

そして心が不死身の証拠に、背丈も兄弟のうちでいちばん高く、日灼けのしていない季節にも、頰の赤さが浅黒い皮膚の下に燃えていた。

正一郎は厨にいる。夕食は正一郎の分担なので、炊事の面倒を省いていつもパン食であったが、厨で乏しい惣菜を作っているのである。

「ああ、腹が空いた。兄さんはやく飯にしてくれないかなあ」

と茂二郎が、裸になって勝手口で体を水で拭きながら、言っている明るい声に、喜久子は卓袱台《ちゃぶだい》に布帛《ふきん》をだるそうにかけながら、こう言った。

「いいわね、お腹《なか》の空《す》く人は。私なんかただの一度も、ごはんをたのしみにしたことはありはしない。それにパンは咽喉につかえて」

声は倦《だる》そうだが、喜久子の心は緊張して、勢《きお》っている。衰えた生命がよみがえって、たとえ病気が恢復しても追いつかないほどの生命力を、短かい間にもせよ喜久子に与えたかのようである。喜久子はだるそうな態度を装いながら、自分をうそいつわりの病人だと考えることに喜びを感じた。

待っていた刹那が近づいた。暮れかけた気配を映している曇硝子の戸のむこうで、自転車のベルの音がすぎる。その戸がすこし歪む。それからよたよたとあけられる。

謙造は下駄を片足片足、遠くへ投げ出して、上って来た。

「喜久子、そこに待っていたのか。可哀想に、きょうは土産がないんだよ。大阪まで行って来たが、牡丹餅は売ってなかった。今日は品切。品切。なあ、いいお父つぁんだろう。それから腹いせに、百貨店の屋上へ行って遊んできた」

喜久子は黙って笑っている。その微笑は平和で、並びのよい小さな歯が静かな微笑のうちに光っている。

「ああ咽喉が乾いた。のーどがかわいた、かーわいた」と謙造はまた歌にして、「こうっと」と言って蝿帳のところへ立った。

喜久子は聡い猫のようにじっと坐っている。

厨では菜を刻む音が高くきこえる。正一郎が父の気配をすっかり聴いていて、自分をあざむくために、あんなに高い音を立てているにちがいない。

謙造は大事にしている鶯いろの益子焼の湯呑茶碗をとり出して、厨へ行った。

喜久子に新らしい不安が生れた。父親が茶碗を丹念に濯《すす》ぎはしないかと思ったのである。彼女は体をずらして、厨のほうを見た。正一郎のランニング・シャツの背中と、絶壁頭が見える。そのままの姿勢で、正一郎が父から茶碗をうけとった。手はふるえていない。茶碗は濯がれずに水を湛えて、父親の手に返された。謙造は、動く咽喉仏の見えるほどに仰向いて、一息に呑んだ。

「うまい。もう一杯」

と謙造が言った。

喜久子の動悸は早くなった。水を呑みおわった謙造が、喜久子の前へ来たのである。

「土産が何もないと言ったのは、ありゃ嘘だぜ。はじめにがっかりさせて、あとで喜ばせようと思った親心だぜ。親心というものは、ありがたいもんだよ、なあ、喜久子。はいよ、これがお土産」

父親は袂から、千切れた鼻緒をとり出した。女下駄の鼻緒で、臙脂《えんじ》いろのそこかしこに汗がしみ出て、そこのところが雲形に色が褪めている。これをはいていた女の足指は、紅く染まったにちがいない。千切れた両端からは、綿がはみ出て、それが汚れている。

喜久子がうけとろうとしないので、謙造はそれを畳に置いた。

それから屋上遊園地の長話をはじめた。

「可愛いじゃないか、猿がお父さんの顔をおぼえていてなあ……」

喜久子は父親の言葉が耳に入らない。薬を呑んで、もう一分は確実に経っている。父親の表情には何の変化も見られない。しかし数秒後にどんな変化が起こらぬと誰も保証はできない。

娘の放心状態に隙をみつけて、謙造は汗だらけの手をのばした。喜久子の懐ろに手を入れて、乳房を握ろうとしたのでる。

喜久子は立上って、茂二郎の名を呼んだ。立上ったとき、はげしい眩暈《めまい》がしたが、シャツを着て上ってきた弟にこう言った。

「茂ちゃん、二階の私のジャムの壺をもって来て」

茂二郎をちょっとのあいだ座を外させるために、そう言ったのである。一家はパン食のときに、味噌や塩をパンにつけてたべたが、喜久子だけは病人の特権でジャムをつけた。

喜久子は厨へ行って、兄の肩へ手をかけた。兄は同じ姿勢で、菜を切っている。

「兄さん、どうしたんだろう。薬が利かなかったらしいわ。ねえ、どうしたんだろう。……それとも……」

兄の答はない。

＊＊＊

正一郎はたしかに一度、茶碗の中に青酸加里を入れたのである。しかし父の帰宅が常に似ず遅かったので、だんだんと決心が鈍って来た。五時になったとき、正一郎は茶碗を丹念に濯いでしまった。

その晩、夕食がすんで喜久子が二階へ寝に上るときに、兄の耳許でこう言った。

「明日はきっとね」

兄は表情を動かさずに「うん」と言った。

明る日はその日の夕刊が、今年の最高気温と報じた暑さであった。風がすっかり絶え、油照りの路上には行人の影がすくなかった。

父は三時ごろに帰って日課の昼寝をした。

一家がいつものように夕食をとったのは六時であった。今日は正一郎は父のパンに青酸加里を入れたのである。

正一郎は父と妹弟にパンを配り、惣菜を配った。自分だけは喰べず、近所の三本立の映画館に、見たい映画の時間があると言って、そうそうに出て行った。

父はがつがつと食事をする。右手で汁を啜り、左手で味噌を塗ったパンを呑み込むように喰べるのである。喜久子は進まぬ食慾に、パンを端のほうから少しずつ噛んでは、父の姿をじっと見ている。

喜久子の目は、あの焦点の合わないような兄の目とも、またやたらに若々しく動く弟の目ともちがって、深潭《しんたん》の感じのする深い黒目である。何かを凝視するとき、その目は神経質にきらきら光って、見つめている対象に、新たに意味を与えるような力があった。

「何か、こりゃ苦《にが》いぞ」

と急に謙造が言った。そして水のコップをとって含嗽《うがい》をした。アイロンをかける前に刷毛で水を刷くのに使う盥《たらい》が近くにあったので、それに含嗽の水を吐いたのである。

謙造は何も言わなかった。しかし喜久子がいまだかつて見たこともない真剣な目つきをしていた。その目つきで、何もないところへ、あちこちと不安の視線を投げた。

謙造は跳ね飛ばされたように立上り、片手で口を押えて、うつむいて土間のほうへ行こうとした。行く前に畳の上で倒れた。古い家は窓硝子までわなないて鳴動した。

青酸に呼吸中枢を麻痺せしめられて、窒息死をしたのである。

茂二郎が医者を呼びに走った。医者は来て、進行性麻痺の発作による死と鑑定した。謙造の脳黴毒の症状は、こういう転帰をとることが不自然ではなかった。

茂二郎は同時に近所の人にたのんで、映画館へ正一郎を呼びにやらせた。正一郎は医者よりも先に帰宅した。父の屍体にすがって、妹と弟が、少しも違わぬ悲しげな様子で泣いていたので、彼も泣こうと思うと、すぐ涙が出た。そこで医者は、入って来るなり、屍にすがって泣いている兄弟三人の姿を見たのである。

まことに仕合せな鑑定を下して帰ってゆく医者を、正一郎と喜久子は店先で見送った。そのとき喜久子は兄と並んで立っていた。医者が立去ると、彼女は兄の小指に自分の小指をからめて強く引いた。正一郎は、妹が「うれしい!」というときの、あのいいしれぬ暗い響きに思い当った。

近所の人が手つだいに来てくれて、葬式の用意が調った。夏場のことであるから、中一日置いて、そうそうに出棺することになった。

出棺直前に警察の監察医が来た。屍体が調べられた。解剖の結果、胃中に青酸加里が発見された。正一郎は直ちに逮捕された。

警察が疑惑を持ったのは、隣家のパチンコ屋の主婦からの聞き込みにはじまるのである。

パチンコ屋の家族の寝間は、細い溝を隔てて、謙造の家の厨の流し場に接している。謙造の死んだ夜、深夜の三時ごろ、パチンコ屋の主婦はふと目をさました。すると隣家の水音で目のさめたことがわかった。何かをしきりに洗う音がきこえ、何べんも大量の水が溝へ流されていた。

正一郎の自供には手間がかかった。

自供の結果、その水音が何であったかわかった。正一郎は、帰宅して盥が濡れているのを不審に思った。弟にきくと、父が死の直前に含嗽をした盥だというのである。正一郎はそのまま盥を隠し、その晩、通夜に疲れた妹弟が寝静まったあとに、一人で丹念に盥を洗ったのである。

正一郎は全く自分一人の犯行だと主張した。しかし、正一郎の供述の中にある父親の湯呑茶碗が見当らない。

湯呑茶碗は喜久子が持って出たのである。

喜久子は父の死の晩、悔みに来た民生委員に、明日にも施療病院へ入りたいと訴えた。委員は手続きをすませてあるから、いつでも入れるように取計らうが、葬式を出したあとでよくはないか、と言った。喜久子は、こんな病状では、葬式のときに足手纏いになるばかりだから、その前に入りたいと言う。委員の尽力で、父の死の明る日に、自動車で看護婦が迎えに来た。そのとき湯呑茶碗を持って出たのである。

刑事は千葉のR施療病院へ行った。

病院では喜久子に会わせない。重態で面会謝絶だというのである。喜久子は入院直後、大喀血をした。

看護婦が問題の湯呑茶碗を、喜久子の枕許から持って来た。あの陋屋《ろうおく》まで、自動車で喜久子を迎えに行った当の看護婦である。

刑事と看護婦の間には、次のような問答が交わされた。

問《喜久子が家を出たときの様子について》

答《とにかく、あんなに思い切りひどくした患者さんを、こともあろうにご不幸の最中に引取りに行ったことははじめてです。お家の中も、ひどく困ってらっしゃる様子で、ほんとうにご同情しました。勝山さん（民生委員の名）から前からお話があったので、ベッドをあけていましたが、なかなか来られないのでもう一日待ったら、他へ廻そうと言っていたところでした。喜久子さんはあの体で、朝と昼は、家族の炊事をしていらしたんですってねえ》

問《喜久子には何か精神的に妙な様子は見られなかったか》

答《体はひどく弱ってますけど、朗らかそうないい人だと思いました。私、患者さんの第一印象で、この人となら、うまくやって行けるかどうかわかりますの》

問《家を去るときか、それとも自動車の中で、喜久子が何か、謎のようなことを言った記憶はないか》

答《そうですねえ、謎のような、って別に。はきはきした明るい方で、妙なところはありませんでしたけど。……ああ、そうそう、思い出しました。あの日もひどく暑い日で、その上家の中には、いろんな人がお葬いの準備に働らいていたので、附添っている私までが暑気に当てられそうでした。喜久子さんの兄さんや弟さんや近所の人が、自動車のところまで送りに来ました。兄さんは泣いていました。車が動き出しました。喜久子さんはうしろの窓から自分の家のほうを何度もふりむきました。それから車の座席に深く凭《もた》れて、疲れたように目をつぶりました。そしてまた、目をみひらきながら……》

問《そのとき喜久子は何と言ったか》

答《そう、はっきり思い出すわ。喜久子さんは、深い声で、前のほうを見ながら、こう言いました。

「これで私も安心して死ねるわ」》

月澹荘綺譚

一

私は去年の夏、伊豆半島南端の下田に滞在中、城山の岬の鼻をめぐる遊歩路がホテルからほどよい道のりなので、しばしば散歩をした。滞在の第一日には岬の西側をとおり、強い西日を浴びながら、角を曲るたびに眺めを一変させる小さな入江入江を愉しんで歩いた。

その入江が、岬の鼻へ近づくに従って、次第に荒々しい荒磯《ありそ》になる。長大な岩が蝕まれ、大きな破壊のあとのように乱雑に折れ重なっている。岬の突端の茜島《あかねじま》へ渡る茜橋のところまで来ると、そこではじめて強い東風に当たった。

私は茜島へ渡った。そして烈しい日にますます背を灼《や》かれた。

茜島は人の住まぬ荒れた小島で、丈の高い松は乱雑に交叉し、斜陽はとなりの松の枝影をこちらの幹へありありと映していた。

坂をのぼる。坂の頂きに、稲妻形の枝をさし出した大松が二本、左右に門のように立って、その彼方に青空が再び拓《ひら》ける。その先には岩壁を穿《うが》った洞門がある。これをくぐると道は絶えて、岩場の上をかすかに足がかりが伝わり、海燕がさえずり飛ぶ島の南端へ出た。そこは直ちに太平洋に面している。

私は岩にもたれて、そこかしこを眺め渡した。荒磯は夕影に包まれているのに、海は夢のようにかがやいていた。

見上げると、私の背後には茜島の南端の断崖がそそり立ち、その頂きには松が生い、木々が繁っている。岩のあらわな集積が、やがて頂きに近いあたりで、はじめて草の芽生えをゆるして、そこから上方へ徐々に稠密《ちゅうみつ》に緑に犯され、繁みの下かげには黄いろい小花や、灌木がつけた点々とした赤い実《み》も見えている。夏茱萸《ぐみ》ではないかと私は思った。

その頂きあたりのいかにも常凡な草木のすがたと、裾から半ばまでの赤むけになった肌のような岩のおもてとが、あんまり対照がきわやかなので、そのどちらかが仮装であって、一方が一方に化けかけて、化け損ねた姿をそのまままさらしているかのようである。

私は次に目を足下へ移した。そこには赤い粗い岩の間に小川ほどの水路があり、私の居場所と突端の荒磯とを隔てている。それが右も低い洞穴で海に通じているので、その水路は波の去来によってたえず動揺している。両側の粗い岩肌からいちめんに滝を引きながら、水がにわかに深く凹んでゆくかと思えば、たちまちそれが膨らみ昇って、波立ち、泡立ち、白い泡沫の斑《まだら》で水路をいっぱいに充たす。その大幅な変化が、不安で、怖ろしげに見える。水があたかも、呼吸をして伸び上りふくれ上る異様な生き物のように見えるのだ。それがどこまでふくれ上るかわからないほどになると、再び急激にしぼんで、水底をあらわすまでに干るのである。

見るうちに私は、何とも知れぬ不安な情緒にかられてきた。水は黒くふくらみ、赤い粗岩のあいだに、烈しい不気味な動揺をやめなかった。目を放って沖を見る。すると、その輝かしさが私の不安を救った。

海風はさわやかに私の頬を打ち、沖をゆく貨物船は左舷に西日をうけてまばゆい白のかがやきを見せ、沖の夏雲の形は崩れておぼろげながら、一面にほのかな黄薔薇《きばら》の色に染っていた。

……すでに五時十分前であった。

私は帰路をとり、さっきの洞門をくぐり、稲妻形の松の枝の下道を下りた。そこで西日に直面した。路上の礫《こいし》もことごとく鈍く光り、路の辺《べ》の深草は数しれぬ黄金の曲線をさしのべ、草のうなだれた項《うなじ》はみな金を帯びた。そしてかなた、松の交叉した幹のあいだに、磯は白くかがやいていた。

私は茜橋を渡って岬へ戻った。そこでもと来た道を辿ればホテルへかえる。日が沈むまではまだ間があるので、逆のほうへ歩き出した。そうして歩き出したばかりに、私はあの異様な物語の中に身を涵《ひた》す羽目になった。

二

岬の道を東へ向かいながら、私が探したのは城山公園へのぼる近道である。城山はすぐそこにある。しかし公園へゆく道しるべは見当たらない。

私はゆきずりの男女にその道を訊《き》いた。男はこの土地の者ではないと言って、答えなかった。

海のほとりの崖に架した小屋があって、その暗い筵《むしろ》の床で、網を繕《つくろ》っている老人がいた。顔も体も真黒に日に灼けて、その暗い中に、頭に巻いたタオルの白だけが目立っている。私の質問の声をきいたらしく、小屋のなかから胴間声《どうまごえ》がひびいて、こう言った。

「公園かい？　公園なら、あそこの石切場のわきの、立札のあるところから登ってゆけば近道だよ。道はせまくて、歩きづらいがね」

「そうですか」と私は勢いを得て、反問した。「それなら、月澹荘《げったんそう》もそのへんですか」

答はなかった。私は老人が面倒になってこの反問に答を渋ったのだろうと想像した。そして、ありがとうと言い捨てて、歩きだした。

小屋の戸口へ出て来て、老人が私を呼んでいた。答を渋ったようにみえたのは、鈍い動作で立上って私を追おうとしたのであるらしい。私は立止り、全身をあらわしたその老人の姿を熟視した。

老人は素肌に半纏のようなものをまとっていたが、顔はのみを荒っぽく的確に使って作った面のように、単純な目鼻立ちなりに深く皺が刻まれ、それが短く刈った白髪の下に黒檀の光沢を放っているのが、実に獣的なものを感じさせた。その顔のどこと言って忌わしいところはないのに、無表情で単純すぎる老人の顔が、何か暗い獣の魂のようなものを想像させたのである。

「月澹荘と言ったね」

と老人は私に呼びかけて言った。

「そうです」

「ここ三十年来、月澹荘のことは訊いた人もいない。あんたは若いのに、どうして知っているんだ」

私は歩を転じて老人に近寄った。

「ただ名前を知ってるだけです。明治の元勲の大澤照久が、城山の麓に月澹荘という別荘を営んだという話を読んだことがある。名前が気に入ったので憶えていたのでしょう。いつか下田へ来たら見てみようと思っていたのに、案内書にも出ていない。月澹荘という名は、唐の呉子華の、

『月澹《あわ》ク煙沈ミ暑気清シ』

という七言絶句から来ているにちがいない。夏の別荘には実にいい名だ。僕はそういう方面の研究を少ししているので……」

だいたい無教育な人間にむかっても、相手に準じて程度を下げた会話をしないという私の流儀は、人から厭味に思われたこともしばしばだが、私は私で自分の流儀の正しさを信じている。それはかえって相手の胸襟を容易に披《ひら》かせ、その中に思いがけない共通の知識を発見させて喜ばせることもできるのだ。

事実、老人はすぐさまこの古詩の引用に反応してきた。

「そうです。そう聞いていました。

『月澹《あわ》ク煙沈ミ暑気清シ』

そうでした。たしかにそれです」

と言葉まで改まって、はじめてその無表情な顔に喜びの影に似たものが動いた。さらにこう言った。

「こんなことを言ってくれる人に会ったのは、何十年ぶりだろう。月澹荘が焼けてから、そうだ、もうかれこれ四十年になるというのに」

「それは知らなかった。月澹荘はもう四十年も前に焼けたんですか」

「そうです。ほら、あそこの石切場、あそこがむかし月澹荘のあった場所です」

老人はさっき公園への道を教えたところを、もう一度指さした。そこは山ふところに白い石の露床があるだけで、粗末な小屋が崖際に立ち、人影は見えなかった。赤い点々としたものが草のあいだに散っているのは、茜島で見たのと同じ夏茱萸《ぐみ》らしかった。

私はその何もない空間を眺め、自分が何で月澹荘にそれほど執着していたのか、われながらわからなくなった。それは明治政治史の小さな一齣《ひとこま》にすぎず、大澤照久侯爵は、当時わざわざ不便なこの場所に別荘を建て、東京から船旅をして下田港へ入り、ここでその人ぎらいの休暇をすごし、「月澹荘日録」という明治政界の回顧録を書き残したにすぎない。それもいっそ散文的な端的な回顧録であればよかったのだが、侯爵は日録の体裁をとって、下田の風光を織り込んで、似而非《えせ》風流に充ちた記録を残したのである。

私は四十年も前に焼けたという別荘の跡に、何一つ昔を偲ばせるものが残っていないことに、別段おどろきはしなかった。それればかりか、その別荘は果たして本当に存在したかどうかさえ疑われた。今や私と老人の脳裡にだけあって、誰の記憶からも拭い去られ、夢の煙のようなものになった月澹荘は、大ていの地上の権力と同じ道を辿ったのである。

老人は私にちょっと待ってくれと言って小屋へ立戻った。待つうちに、入江の影はこまやかになり、夕日のうつろいは迅くなった。来た方を眺めると、岬の西側に面した茜島の一角だけが、なお灼けた光の中にあった。

老人は小ざっぱりしたシャツにズボンの姿で、草履を引っかけて現われた。そうすると、年も十ばかり若く見え、足もとも確かになったように思われた。ようやく老人が私を待たしておきながら、後を見ずに歩きだす老人を私は追って、ようやく私に案内をしてくれる心算《つもり》なのを知ったときは、すでに石切場の月澹荘の邸跡に立っていた。石材はそこらに白いかがやく断面を見せてころがり、あたりの草も白い石の粉をかぶっていた。

ここから見ると、小さな入江の右に茜島の背が聳《そび》え、左の山が港の雑多な眺めを隠し、ただ船の出入りを沖に眺めるだけで、別荘がひろい敷地を持ってここに納まっていたときには、海の無疵の景観を自分のものにしていたことがわかる。

「そのへんに門があった」

　と老人は海ぎわの斜面を指さして言った。

「そこから石段が上って来とった。ここらあたりに玄関があり、あんたの立っているあたりに枝折戸《しおりど》があって、ここらは結構なお庭だった。若奥様もはじめてここへ来られたときは、庭の美しさにおどろいておられたものだ」

「若奥さんというのは？」

「つまり二代目の侯爵の奥様だよ」

　と老人はうるさそうに言い捨てて、突然、自分一人の回想の中へ深く潜ってしまった。それは、まるで、救いの手をさしのべる暇もなく、目の前にいた人間がいきなり深い井戸へ落ちたのを見るかのようで、私はこの老人の表情に現われていた無感動が、実は彼がその感情生活の大部分を古い記憶の一点にだけ預けてしまっているせいだと気がついた。

　彼は一つの石に腰を下ろすと、かたわらの草むらから夏茱萸の実をつまみ取り、それを口に入れるでもなく、不機嫌に指の中でおもちゃにしていた。やがてあけたその掌は真赤に染まった。

　そうして老人は語りだした。

「その若奥様が、二代目の殿様のところへお輿入れになった最初の夏、はじめてお揃いで月澹荘へお出《い》でになった。実に美しい方でね。大正十三年の夏のことだった。……」

「ちょっと待ってください」と私は話を遮《さえぎ》って言った。「あなたがここへ来るとき、何故改まって着更えをしてきたか、僕には何だか気になったが……」

「お邸跡へ来るときはいつも着更えをするのだ。ここはもと、あの美しい若奥様が、庭の花を摘まれたり、茱萸の実を摘まれたり、お女中を連れて散歩をされたりした場所だからだ」

と老人は言った。

三

以下は私が老人からきいた話である。

老人が行きずりの誰にでもそんな話をしてきたとは思われない。見ず知らずの私にそんな秘密の昔語りをしたについては、よほど彼の心の奥底に、私の何気ない問いかけによって、触発されたものがあったからであろう。月澹荘の名が完全に忘れられて三十年の余も経ったのちに、ふとした機縁で私の口からその名が呼ばれるのをきき、突然呼びさまされたものがあったからであろう。

老人は子供のころの記憶で、ぼんやりと初代の侯爵をおぼえている。それは気むずかしい痩せた年寄で、遠くからその姿をおそるおそる眺めていたにすぎない。老人、と言うよりは、今はその名の勝造と呼んだほうがいいが、勝造が月澹荘の生活に近づいたのは、夏のあいだの侯爵家の嫡男の遊び相手としてであった。嫡男は照茂と言い、勝造より一歳上であった。

照茂は子供のころから、何一つ自分の手を汚そうとしなかった。父の照久は下級武士の出身であったが、一代で貴顕の列に連なり、大名華族をまねた生活をするうちに、子供の照茂は、あらゆる精力を父に奪われて、ただ父が自分の幼時にかけた夢を代行するだけになった。彼はふところ手をしているうちに、すべてが思うがままに運ばれる育ち方をした。

はじめ、子供の勝造はさすがにそういう照茂を快く思っていなかったが、次第に馴らされて、自分の役を忠実に演ずるようになった。いつのまにかそれが不快でなくなったのである。

のみならず勝造には、また照茂の来る次の年の夏が待たれた。月澹荘は季節外れには勝造の父が別荘番をし、諸事管理に気をつけていたが、庭木の手入れなどに、馴れない漁師の父が手こずっているのを、勝造はたびたび手つだった。彼は殿様の庭をわがもの顔に歩くのをよろこんだ。夏のあいだ、照茂の遊び相手に庭へ入ることができても、殿様の目の届くところでは気ぶっせいだったからである。

照茂はふしぎな子供だと、勝造には思われた。たとえば蜻蛉《とんぼ》を釣るにしても、自分では決して釣らず、勝造に釣らせて、それをただじっと見ている。何が面白いのかと勝造は思うが、照茂は無表情に、細大洩らさずじっと見ていて、内心大へん面白がっているのがわかる。

照茂は無口で、動作もあまり敏活でなく、ただ目だけが潤んで大きく、その目でじっと見られると、勝造は何だか抵抗できないような気がする。しかし照茂は、つかまえた蜻蛉の羽根をむしったりすることはない。動物をいたぶったりすることで、田舎の強壮な子供をいたぶることのできない弱い体力の埋合せをしたりすることはない。ただ、じっと静かに見て、たのしんでいる。行為は必ず、人に命じてやらすのだ。

その目は実に美しくて冷たく、勝造はそれを上等の眼鏡のレンズのようだと思った。彼のそのじっと見つめて愉しむだけの無害な目は、照茂がだんだんに成人し、初代の侯爵が死に、その家督を継いだのちになっても変らなかった。少年時代の照茂は、勝造と魚釣りに行ったりすることもあったが、これも蜻蛉釣りと同様に、自ら進んで魚釣りに熱中するようなことはなかった。見かねた勝造が竿をとって、巧みに魚を釣り上げると、それを見ていることのほうが、照茂にとっては喜びであることがありありとわかった。照茂は夏のあいだ、あまり本を読んでいるようにも見えなかったが、学校では大そう成績がよいのだという話を、勝造はきいて尊敬していた。しかし勝造が知識欲にかられて何かと質問すると、かすかに笑って答えず、勝造はそういう質問がいやがられていることを知った。

彼の目はあいかわらず、感動もせず、水のような淡々とした喜びに充ちて、人にやらせることに向けられていた。それは何だか孔子だとか、支那の聖人の目というものはこういうものではなかったかと思わせた。切れ長で、ほんのすこし出目で、高い冷たい鼻梁の両側に、知恵のよろこびに涵《ひた》っている二顆《か》の水晶のように、静かな光を放っていたのである。

四

……老人の話はなおつづく。

その目だけをとってみても、勝造は的確に照茂の成長の跡を辿ることができない。もっとも勝造はほぼ同年の身をともに成長してきたのであるから、それは無理もないが、いつのまにか、いくたびの夏を重ねて、照茂が成人に達すると同時に、結婚したというしらせをきいたときはおどろいた。勝造は自分の人生にとって、結婚などははるか先のことだと思っていた。

夏になって、新婚の夫婦が月澹荘へやって来、そこではじめて勝造は新夫人に紹介された。仰ぎ見るのも憚られるほど美しい人だと思った。

若夫婦は大へん仲が良いように見えた。そして勝造の役目は、舟遊びに舟を漕ぐことのほかには、もうなくなったように思われた。

勝造が若夫人をじっと見詰めることができなかったのは、彼女が美しかったためばかりではない。それには結婚前の照茂について、あまりに多くのことを知っていたので、それを察した夫人の質問を怖れたのである。

その夏のある夕方、照茂はたまたま一人でスケッチ・ブックを抱えて家を出ていた。結婚してから、彼には新しい道楽ができた。当時もっともハイカラな趣味の一つで、画帳を抱えてスケッチをとりに行くのである。彼はまだ習いたての拙技を恥じており、妻を伴って行くこともしなければ、勝造にも見られたがらなかった。勝造は、そうして照茂がはじめて彼にふさわしい静かな「見ること」の道楽を得たのを喜んだ。

その照茂がスケッチに出かけた夕方は、彼ら夫婦が月澹荘へ来てから十日目ごろのことで、勝造が浜から上ってくると、ちょうどこのあたりの門前に若夫人が立っていた。

そうだ、彼女が立っていたのは、ちょうど私が腰を下ろしている、このあたりだ、と勝造は言った。夕日を浴びて、海のほうを向いて、門の石段のところに立っていた。月澹荘は彼女の背後に聳え、甍《いらか》を夕日に輝かせ、先代からの生活の威をひそかに誇っているように見えた。人ぎらいの大澤侯爵の建てた家であるから、それは多少の明治風のこけおどしを残しているとはいえ、徒《いたず》らに宏壮な邸ではない。しかし先代の生きているあいだ、それは下田でもっとも畏敬された邸であり、門前をとおる人も声をひそめるほどの威厳を持っていた。

その玄関の屋根の雅致のある洲浜瓦、母屋のおおらかな入母屋《いりもや》屋根、海と茜島の眺めを借景にした庭の、正しい山水に則った正真木や夕陽木や寂然木のたたずまい、あるいは洋間に面した脇庭の、いろんな花々の自由に咲き乱れたけはい……そういう月澹荘の整った姿を背にして、めずらしくも若夫人はお供一人連れずそこに立っていた。

月澹荘はそのときはまだ、悲劇の起こりそうな邸とは見えなかった。照茂の代になってから、邸は時折り笑い声も洩れる若々しい別荘になってよみがえり、照茂には改築の気持もあって、ここに本当の西洋館が現われることになるかもしれなかった。先代のあの重苦しい厭人癖を象《かたど》ったような家は、こうして改築されるまでもなく、内部からの若々しい明るさで、別のものに変わってゆく兆《きざし》を示していた。勝造もまた、子供のころのようには照茂に近づく機会が失われたにもかかわらず、かえってこの邸から受ける重圧が取り除かれ、この夏から月澹荘自体を大そう身近な親しみやすいものに感じだした。

それはもちろん、まだ言葉を交わす折りもほとんどないが、美しい照茂夫人の出現のためであった。勝造はその夕日のなかの夫人の、明るい花やかな洋装をよく憶えている。それは白いなよやかな布に、襞《ひだ》を多く寄せたスカートと、レエスの襟の立った白いブラウスとの、その当時でも古風に見える洋装であった。そして夫人は夜会巻《やかいまき》の豊かな髪を、海風にさえ毛筋一つ乱していなかった。

「勝造さん」

と夫人がお辞儀をした勝造に呼びかけた。

「いつもこそこそ行ってしまうのね。たまには話していらっしゃい。殿様はいつもあなたのことを幼な友達だと言っておいでよ」

「はい」

言われるより勝造は汗をかいて、額を拭った。思えば夏のあいだは、裸で外を歩くことなど何とも思わぬ彼が、このごろはちょっとの外出にも清潔なものを身に着けて出るのは、いつか夫人がこうして門前に立つのを待っていたようでもある。

「勝造さん、いつかあなたに訊きたいと思っていたことがあるの。ここへ来てから、私は何だか……」と夫人はちょっと絶句した。「……何だか、たえず誰かに見られているような気がする。殿様にそう申上げても、笑って取り合ってくださらないの」

勝造の胸は奇妙にさわいだ。夫人が何を訊こうとしているのかわからない。誰かに見られているというけれども、じっと見ている目は、勝造の知るかぎり、照茂のあの動かない目しかない。その瞬間、勝造の心に浮かんだことは、夫人がそんな謎めいた表現を用いながら、実は、結婚以来自分をじっと見つめて放さない良人の目のことを言っているのではないかという疑いであった。

勝造の心には痺れが走った。夫人の体があんな風に良人に見られているということは、夫婦だから当然のようでもあるが、勝造にとっては胸の詰まるような思いのする想像であり、その想像には恐怖もまじっていた。恐怖は照茂の結婚前の夏の、一つの小さな事件にまつわっていた。あのときの照茂の短い冷たい命令、あのときに進行した一連の行為の白けた忌わしさ、あのときちらと見た照茂の目の動かない瞳、あのときのあたりの茱萸の実の紅《べに》……。

彼はむしろ照茂の目が、はっきりした軽蔑なり喜びなりを示していたら、もっと安心できたであろうに、その目はうつろにひらかれて、目の前の事象を吸収し、……いわば曇った白い吸取紙のように、無限に吸い取るだけだった。

その目の前に夫人の裸身がさらされ、愛撫よりもただじっと見詰める目が、不必要に永い時間、新妻の心をおののかせたのではないかと考えると、若い勝造は慄然とした。

しかし夫人の言うのは、その意味ではなさそうであった。

「私が庭に出て花を摘んでいるときなど、まわりに誰もいないはずなのに、生垣の間からじっと覗いている目があるような気がして、女中を呼んだことが何度かあるのよ。女中が門の外へ見に行くと、ぱたぱたと急に草履《ぞうり》の音が遠ざかることもあったわ」

「それは女ではありませんでしたか」

「あなた何か心当たりがあるの？」

「いや……はあ、ちょっとそんな気がしただけですが」

夫人は不満そうに口をつぐみ、勝造は一しお流れる汗を感じた。しばらく沈黙があったが、夫人はそれ以上問いかけて来なかったので、とうとう勝造が口を切った。

「この村に白痴の娘がおります。君江というのです。別に害はしませんが、そこらをうろうろして、子供に石をぶつけられたりしています。それでも全然怒りません。ひょっとしたら、その娘かもしれません」

「まあ、気味のわるい」

夫人は軽く眉をひそめ、その表情がかえって、ますます彼女を高貴に美しく見せた。

その不安は眉のあいだに、ちょうど朝霧が谷にかかるようにかかった。

「殿様はその女をご存じなのかしら？」

そこで勝造はわれながら巧い返事をした。

「はい。ご存じなのだと思います。しかし、奥様をお怖がらせしてはいけないから、黙っておいでなのだと思います。ですから、私から申上げたのは内緒にしておいてください。もし覗くやつが君江だったとしたら、私が見張っていて、お邸へ近づけないようにします」

「そう……ありがとう」

と夫人は柔らかな声で言った。そしてさらに念を押して、

「その娘さんは人には害は加えないのね」

「はい、決して加えません」

と答える勝造には確信があった。

夫人はしばらく海のほうへ目を放ち、良人がスケッチに行った茜島が、ちょうど岬の西側からの斜陽を受けて、その一角を橙《だいだい》いろにかがやかすのを眺めた。海からは、打ち上げられた海藻が終日陽《ひ》に温められて、腐敗しはじめているような濃厚な匂いが漂ってきていた。夫人は身を翻《ひるがえ》して、月澹荘の門内へ消えた。

五

——そこまで話すと、勝造は大へん不手際に話を飛ばして、いきなり月澹荘が火事になった日のことを語りだした。

月澹荘が焼けたのは今の話の翌年の晩秋である。どうして彼がそんな風に、にわかに月澹荘の焼亡へ話を持って行ったのか、私にはわからなかった。

無人の別荘が火に包まれる原因は、大ていの場合、入り込んだ浮浪者が焚火をしたり、何かそういう外からの偶発的な原因に決まっている。月澹荘の火がどこから出たか勝造も知らない。あとで警察の調べも受けたが、勝造の放火の動機は認められなかった。

勝造の父はすでに死んでおり、責任はのこらず別荘番の肩にかかった。しかし、東京から照茂夫人の懇切な手紙が届き、自分は別荘の焼けたことをむしろ天の恵みと考えていること、この機会に月澹荘の土地は下田町へ寄附してしまうこと、従って勝造は一切責任を感じる必要がないこと、等々がやさしい口調で直接話しかけるように、縷々《るる》と書かれていた。勝造はその手紙を顔に押し当てて泣いた。泣いたのは、それまでの文句のためではない。手紙の最後の一句に泣いたのである。そこには、「自分はもう一生、下田を訪れることがないであろう」と書かれていた。

月澹荘の深夜の火事は、しばらくのあいだ、人々の思い出話に飽かず繰り返された。その夜、人々は月が明るすぎるのにおどろき、ついで入江にあかあかと映じて、月澹荘が燃えているのにおどろいた。

それはいかにも静かに、蛍籠のように燃えていた。この邸の古い木組はしんみりと火に身を委ね、火はいたるところへ延びて、母屋も洋間も離れも一時《いっとき》に火に包まれ、入江の反映は、海の波の起伏を夜目にもあきらかに見せた。焔は城山の頂きよりも秀で、火の粉は海のおもてにも夥しく落ちた。

私はそこまできいて、何故照茂が自ら幼な友達を慰める手紙を書かず、夫人が直接に書いたかということに疑問を持った。当時、高貴な夫人がそういうことをするのは、考えられないほどの異例であった。私は勝造が、夫人との間柄について、何か私に隠していることがあるのではないかと疑った。あるいはまた、勝造がそのたどたどしい話法によって、かえって、夫人との何でもない間柄を思わせぶりに語っているのではないか、と。

しかし勝造の返事は簡単なものであった。

「死人には手紙は書けません。照茂様はもうお亡くなりになっていたのです」

「亡くなったのはいつのことです」

「火事の起こる前の年の夏です」

「夏というと、ここで、月澹荘で亡くなったんですね」

「そうです」

「それで……夫人は、……そうすると、夫人は、火事の起こった年の夏には、ここに一人で来ておられたんですね」

「はい。未亡人になられてのち、お子様もないものですから、ここに一人で来ておられました。どうして一人でここへおいでになったのかわかりません。多分……」

「多分？」

「いや、きっとご主人の思い出を味わいにおいでになったのであろうと思います。それは寂しい夏で、奥様はいつもお一人で、ひっそりと部屋にこもっておられた」

「そして夫人が東京へかえられたのち、何ヵ月かあとに、月澹荘が火事になったのですね」

「はい、そうです」

しかし老人はそこで口をつぐんでしまった。

六

私はどんなに永いあいだ、老人が再び口をひらくのを待ったかしれない。海はすでに暮れ、夕日の名残も消え、夕空のほのかな藍は残っていたが、彼方の茜島はすでに一塊の影になり、下田港から出てゆく船は灯をともしていた。私たちの坐っているあたりの石材だけが白かった。私は所在なさに夕闇の草へ手をのばしたが、たまたま指に触れた茱萸《ぐみ》の実をつまんで、それを掌にころがした。真紅の実も、光を失った掌の中では黒々と見えた。

老人が私に語りたいことは、その先にあることがわかっていた。しかしもっとも語りたくないことも、おそらくその先にあったのだ。

私は気永に待つほかはなかった。港の空は山に隔てられていても、なお燈火の反映に赤らんでいるので、それと知られた。船員たちの小さな夜のたのしみの時刻がそこではじまっていることはわかったが、このあたりには行人の影もなかった。そして空には点々と星の潤みが兆した。……

「火事の起こった年の夏、奥様はお一人だった。とうとう怖れていたことが来た。ある晩、月澹荘からお呼び出しがあったのだ」

と老人は語りだした。

——それは今も思いだす、月の澹《あわ》い夜のことで、海の上に浮かぶ靄は煙のようだったが、煙は沈んで低く這い、沖はあいまいに、湾口のあたりの眺めさえすっかり距離感が失われていた。風はなかったが、蒸暑さがさほどでなく、ふしぎな清らかな暑気とでも言うべきものがこもっていた。勝造は、白い浴衣に袴をつけて邸へ行った。

はじめて勝造は、客として座敷へ通された。待つあいだも、胸は動悸を止めなかった。逞しい若者であるのに、自分がひよわい、小さな、無力な者のように思い做《な》された。やがてしめやかな衣褶《きぬず》れとともに葭戸《よしど》があき、美しい照茂夫人があらわれた。業平格子《なりひらごうし》の明石の着物を着て、髪もいつものように少しも乱れていず、まして汗のけはいもなかった。この人は汗をかいたことがないのではないかと勝造は思った。

夫人は卓を隔てて坐り、勝造に団扇《うちわ》をすすめた。かすかに香水の薫りが漂い、勝造はどうしても夫人の顔を見上げることができなかった。藤紫の半襟の浮んでいるあたりを、かすかに見た。

「きょうこそ、どうしてもあなたに何もかも話していただかなくてはなりません。一周忌をすますまでは、そのことに触れずにおこうと思っていました。でも、東京で一周忌をすませて、ここへ来たのは、もうおわかりでしょうが、あなたの口から、本当のことをきこうと思ってのことでした。ですから、今夜はこうして、お客として来ていただきました。……殿様があゝしてお亡くなりになったのは、いったい何故だったたんですか」

勝造は、そう訊かれるまでもなく、今夜言わねばならぬことがよくわかっていた。それを今まで心にためていたのは、夫人ばかりでなく、勝造の苦痛でもあったのだ。

彼は夫人の顔をちらと見上げて、そこに微笑さえ浮かんでみえるのに安心した。その微笑は庭の山水の彼方の月の淡さによく似ていた。

「はい。何もかも申上げます。ご結婚の前の年の夏でございました……」と若い勝造は口を切った。

「そして、それは、あの白痴の娘のことですね」

と夫人は遮って、ものしずかに言ったが、団扇の動きは止り、波音だけが座敷を領した。

「はい。さようです。あの君江のことです。殿様は、ある日、私が漕ぐ舟にもお飽きになって、まだ日ざかりの城山へ登ろうとおっしゃいました。散歩にはいつもお供をする私でしたから、おあとについて、そのお庭の横の抜け道から山へのぼりました。白痴ののぼり切ろうとするところで、奇妙な調子外れの唄声をきいたのであります。白痴の君江だな、と私はすぐに思いました。山の頂きの草生《くさふ》で、君江はしきりに夏茱萸の実を摘んでは、唄いながら、袂に入れておりました。私共がその姿を眺めていますと、いちめんの蟬の声のなかで、君江はこちらを向いて、だらしなく綻《ほころ》びたような笑い方をしました。その笑顔がしばらくつづいて、ちょうど活動写真が止ったように、その笑顔のまじっとこちらを見ていたかと思うと、急に背を向けて、熱心にまた茱萸の実を摘みだしました。

私は気持がわるいので、もう帰りましょうとご催促いたしたのであります。しかし殿様は君江の腰のあたりをお見詰めになったまま、かたわらの松の木にお手を支《か》てて、日ざかりの日にもめげずに、じっと立っておいででした。それから私のほうへ振向いて、お命じになったのです。

そのご命令があまり意外なことであったので、私はわが耳を疑いました。今までも、子供のころから、ずいぶん殿様のご無理はきいてきた私でありますが、これほどのご無理を言われたことはありませんでした。しかし私もまだ、生涯に一度も、殿様のご命令に背いたことはなかったのです。

私がためらっていますので、早くせよ、と私の肩を突かれました。結局、おっしゃるとおりにするほかはありませんでした。

私はいやいやながら君江に近づき、白眼を吊り上げて怖れている娘を、日かげの藪のほうへ引きずって行きました。その袂から、いくつもの茱萸の実がこぼれたことを憶えております。

それから私は、ご命令により、獣のような振舞をしました。君江を押し倒し、なるたけその顔を見ぬようにしながら、むりじいに裾をひらかせ、おっしゃるとおりのことをあえてしたのであります。誓って申しますが、私は自分から進んでそんなことをしたことは、それ以前にも、それ以後にも、一度もございません。私は半ば夢中で、自分も目をつぶって、しゃにむに目的を遂げようとしておりましたが、ちらと目をひらいたときに、思わず娘の顔をではなく、殿様のお顔を見てしまいました。

殿様はあの澄んだお目で、体をかがめて、必死に抗《あらが》う君江の顔へできるだけ顔を近づけて眺めておいででした。君江もそういう殿様に気づいていたと思いますが、私はあばれる娘の両腕をしっかり押えていましたから、多少とも殿様に危害を加えるようなことはなく、つまり、いつものごとく、殿様は安全な場所から、しかも安全で一等近い場所から、娘の顔をじっと見つめておられたのであります。

娘は涙をため、奇妙な子供らしい咽《むせ》び声を立てながら、白い咽喉を動かして、何とか殿様のお目から顔をそむけようと努めていました。しかし殿様は、水の中の水棲動物のでした。

生態を観察されるように、澄んだ瞳を動かさずに、娘の顔をじっと眺めつづけておいでそのうちに私は役目をおわり、何事が起こったかわからず、ようやく私の腕の力を解かれて、人形のように草の上に横たわっている娘を残して、殿様とご一緒にあとをも見ずに城山を下りました。そして私は着ているものを脱いで、いそいで泳ぎに行きました。

……これが、ご結婚の前の夏に起こったことのすべてであります」

勝造は語りおえて、したたる汗を拭った。聴きおわった夫人は、しばらく黙っていた。やがて香水の薫りが漂うままに、夫人が顔を月に煙る庭へ向けて、こう言うのがきこえた。

「それでわかりました。何もかもわかりました。白痴の娘があなたを憎まず、殿様にすべての怨みをかけたわけもよくわかりました。話しにくい話をしてくれてありがとう。……もうこの話は忘れることにしましょう。あなたも、誰にも言わずにおいてくれますね」

勝造は目を伏せたまま答えようと思ったが、誓いを立てるためには、夫人の顔をまっすぐに見て答えるのが本当だと気づいたので、はじめて、庭に向けている白い横顔を注視した。

淡い月かげに、端居《はしい》の夫人の横顔のすさまじい美しさが浮かんだ。勝造はこんなに麗わしい横顔を見たことがない。それは、人間界へ背を向けた人の、白い石の薄片に刻まれたような横顔で、多少鋭すぎる鼻柱も、唇へつづく優美な線によって和《なご》められ、夫人のこころもち受口の下唇の臙脂《べに》は、そのとき黒ずんで、水を打ったように光っていた。

「はい、誓って誰にも申しません」

と勝造は息のつまる心地で答えた。

夫人の唇の端が糸に引かれたようにやや上り、顔はこちらへ向けられるともなく、かすかに向けられた。

「あなたがそう言ってくれるなら、私も今夜は、誰にも言わないでいたことを、あなたにだけは申しましょう。

私たち夫婦は、結婚以来、ただの一度も、夫婦の契りをしたことはなかったんです。殿様は、……あなたもご承知のとおり、ただ……何と言ったらいいか、ただ、すみずみまで、熱心にご覧になるだけでした」

七

「それで……」と私は最後の詮索癖にかられて、老人のしきりに後先《あとさき》する話の、中核に触れようとあせった。「それで……、照茂若侯爵はどうして死んだのですか」

「殺されたのです」

それは予期された答であった。

「どんな風にして、また、誰に……」

「殺したのが君江だというのは、すぐにわかった。殿様が茜島へスケッチに行きはじめてから、三日目のことでした。夜になっても帰って来られないので、町から大ぜいが探しに出ました。殿様は、茜島の南端の、岸のあいだに潮が満干しているところに、頭を砕かれて、危く海へずり落ちそうになって、死んでおられた。あの高い崖の絶頂から落ちたのです」

「それはあやまって滑り落ちたのかもしれないのに、どうして君江がやったこととわかったのですか」

「それはすぐにわかりました」と老人は断定的に、はじめて示す神経質なきびしさを語気にこめて、言った。「少くとも私にはすぐにわかりました。殿様の屍体からは両眼がえぐられて、そのうつろに夏茱萸の実がぎっしり詰め込んであったのです」

孔雀

1

ある晩、いきなり訪ねて来た男が刑事であったのには、富岡もおどろいた。

十月二日の未明に、近くのM遊園地で、二十七羽の印度孔雀《インドくじゃく》が殺され、その記事が夕刊に出て、富岡が一種の感動を受けているうちに、明る晩刑事が来たのであった。

富岡は横浜南埠頭の倉庫会社に勤めていた。毎日通ってはいるけれど、どうでもいいような勤めであった。富岡はこのあたりの地主の息子で、M遊園地へも土地を売っており、その金で新車に買い換え、会社へは毎朝横浜バイ・パスを通って通勤していた。

九月二十六日の快晴の土曜には一人娘の手を引いて、M遊園地へ出かけ、十月一日の木曜には一人でそこを再訪している。そして二十六日には、むずかる子供をなだめながら、放し飼いの孔雀のそばに一時間近くもおり、一日には一人で二時間あまりも孔雀を眺めている。M遊園地へは、徒歩で十五分ほどの距離である。

　土地を売った関係で、遊園地の役員には顔見知りの男もいる。富岡の姿を見て、警察へ告げた者があったことは十分考えられる。

　富岡は晩婚であった。四十歳で結婚し、そのあくる年に生まれた娘は四つになった。大柄な妻は、オペラ歌手になろうとしていたのが、三十を越してから断念して、間に口を利く人があって、富岡と結婚したのである。

　このあたりの名家であり、大きな門構えの富岡家へ入って来た刑事は、礼儀に叶ったやり方をした。しかし自分が、どの程度までかはしらないが、孔雀殺しの容疑をかけられていることに富岡はすぐに気づいた。

2

　刑事は富岡家の大きな古い応接間にとおされて、その装飾がふつうの常識とはどことなくちがっているのを感じた。

　炉棚の上の孔雀の置物はわけても目立った。写実的な鋳金の細工で、見事な彩色が施されている。壁には孔雀の群れあそんでいる図柄の織物が掛けてある。一方、飾棚には、繊細なガラス細工の孔雀がある。ほかにもいろいろ奇異なものが飾られているが、孔雀を象《かたど》ったのはこの三つきりである。しかしそれだけでも、主人が孔雀に特別の愛着を持っていることは歴然とわかる。

黴くさい陰気な、広すぎる応接間である。椅子にかけた白麻のカバーは、湿気を含んで、雨に濡れた白樺の木肌のような具合に肌にさわる。

あまり永く待たされるので、刑事は立って、部屋のなかの飾り物をひとつひとつ点検した。支那製の黒檀の透かし彫の屛風だの、南洋ものの漁具だの、そうかと思うと、政治家の書の額なんぞがかかっている。すべてが雑然として統一がなく、壁にはほとんど余白がない。

むかしの客船の赤道通過の証明書が額になっていて、それに人魚や海神が躍っていたり、月夜のように青いデルフトの和蘭《オランダ》風車図の陶額があったりする。その間の一つの写真の額が刑事の目にとまった。

それは十六七歳の少年の写真で、スウェータアをゆるやかに着て、このあたりの林らしい雑木林を背景に立っている。ちょっと類のないほどの美少年である。眉がなよやかに流麗な線を描き、瞳は深く、おそろしく色白で、唇がやや薄くて酷薄に見えるほかは、顔のすべてにうつろいやすい少年の憂いと誇りが、冬のはじめの薄氷《うすらい》のように張りつめた美貌である。しかしその顔には何かしら不吉なものがあり、こわれやすいほどに繊細であればあるほど、何とはなしに玻璃《はり》質の残忍さが漂っている。

刑事はそういうものをあれこれと見て、ここの家の主人が常人ではないという予断を持った。

彼が椅子にかえったときに、ドアがあいて富岡夫婦があらわれた。

富岡は長身で痩せ形であるが、細君はオペラ歌手になろうとしただけあって、肥り肉《じし》で、むかしは輪郭の鮮明な、花やかな顔立ちであったろうに、その輪郭が崩れ、しかも小鼻や唇の角《かど》に強いくっきりとした線が残っているので、鬱陶《うっとう》しい、威圧的な感じを与える。

「ご主人だけに折入ってお話したいことがあるのですが……」

と、立ち去ろうとしない細君に困って、刑事が言いかけると、

「何故私がいちゃいけないんです」と、声量のある、怒気を含んだ、抽象的なほど美しい声が叫んだ。「どうせ孔雀のお話なんでしょ」

「いや、これは最初から一本とられました」

と刑事は職業的に笑って、頭へ手をやった。

富岡は苛立った様子も見せず、静かにしている。カシミヤの薄茶のカーディガンを引

っかけて、椅子に深く身を沈めた姿に、落着きとゆとりが見える。むしろ学者肌に見えるその感じに、刑事は予断を裏切られたが、四十五歳ぐらいのその顔が、ひどい荒廃をあらわしているのにも気づいた。

髪は白髪まじりで、皮膚は衰えて弾力がない。整った顔立ちなのに、その整い方にお誂え向きの感じが出すぎ、永いこと放置されて埃をかぶった箱庭みたいな趣がある。埃だらけの池、傾いた赤い橋、小さな石燈籠、家の中まですっかり埃の積った陶器の田舎家……、富岡の目鼻立ちにはそういう整い方がある。人生にこれと言って積極的に働きかけたことのない男、ただ世間に対する思惑から職業を持っているにすぎない、結構な身分の男、それはもちろん刑事が好意を持つことのできる男ではない。しかし富岡にはその代りに、刑事の窺うことのできない特殊な高い教養を積んだ形跡がある。それが刑事を怖れさせる。が、一面から言うと、富岡の顔を四十半ばでこんなにも荒廃させたものは、他ならぬその教養であるかもしれない。

「奥さんに先手を打たれたから、申上げますが、実はその孔雀のお話で伺ったんです。富岡さんは特に孔雀がお好きと聴いたものですから」

「遠廻しにおっしゃるのはかえって気持が悪いわ。つまり富岡が孔雀を殺したらしいっておっしゃるんでしょう」

「何もそんな」

と刑事はあわてて手を振った。

「だって変じゃありませんか。孔雀が殺されたからって、孔雀好きの人を探して廻ったら、どうなるって言うんです。あなたは猫が好きな人はみんな猫を殺し、子供が好きな人はみんな子供を殺すってお考えなんですか」

刑事はそこまで細君から言われると、黙って怒ったふりをした。

「まあ、そう先廻りをするもんじゃない」と富岡ははじめて口を切った。「来られた理由はわかっている。私が事件の前の日に、一人で永いこと孔雀を眺めていたのを見咎めて、警察に告げた人がいるんだろう。ねえ、そうですね」

「お祭しのとおりです」

と刑事は富岡に対して故《ことさ》ら素直に出た。

「でも富岡にそんな度胸はありませんわ。第一、この人が孔雀を殺すわけはないじゃありませんか。この人はただただ孔雀が好きなだけなんですから」

「まあまあ」

と細君を制する富岡の手つきには、焚火にあたる手のような、のどかな動きしかなかった。

卓の上ではさっき刑事のために出された茶が冷え、鶯いろの水面をこまかく縫い取ったように塵が浮んでいた。永く掃除をしたことのないこの部屋では、いつもしずかに塵が零《ふ》りつづけているらしかった。

刑事はそれから三十分ほどの雑談のあいだ、どうして富岡がそんなに孔雀が好きか、という十分納得のゆく理由を、探り出そうとしたが無駄であった。

「私はどういうものか孔雀が好きでして……」

と富岡は物静かに言った。その目には刑事が期待したような過度の熱意もなく、その手には慄えもなく、彼はやすやすと、誰にきかれても恥かしくない食物の好悪を語るように言った。

刑事が考える偏執はそこにはなかった。警戒心からではなく、あきらかに自然に、富岡はそう繰り返して答えた。自分で他に言葉を知らぬようであり、偏執的な人間が、どんなに乏しい語彙であっても、あらゆる言葉を狩り出して、一つの好みを熱情的に語ってみせる、あの「やむにやまれぬもの」が、富岡の態度には欠けていた。刑事はおしまいに匙を投げた。

細君はというと、はじめはあんなに高圧的であったのに、訊問が良人に移ってからは、不快そうに顔をそむけて押し黙り、しかも座を立とうとはしなかった。彼女は地味なスーツを着て、諸事身なりにかまわない風に見えた。オペラ歌手を志した女にはとても見えない。

ただ彼女は一途に不快げで、おしまいには刑事も、それが自分のせいだとばかり思えなくなった。一刻も早く孔雀の話題を片附けてしまいたいという焦躁が見え、そんな捗《はかど》らぬ男二人の問答を、ときどき軽蔑の目で高所からちらちらと見やった。

帰りがけに刑事は椅子から立つと、あたりを見廻して、つとこう言った。

「珍しいものをお蒐《あつ》めですね」

「先代が集めたがらくたばかりです」

と富岡は気がなさそうに答えた。用件以外の会話はみんな、底意のあるお愛想としかとられない刑事という職業を、刑事はちょっと淋しく感じた。彼は多少自分の趣味家的関心を認めてもらいたかったのである。

刑事はそのまま話の継穂《つぎほ》なく壁を眺めている。背中には立っている富岡夫婦のいっこうやさしさのない目が感じられる。出てゆけがしのその視線を、刑事はいたるところで背中に感じているので、熱い鏝《こて》が近づいて来るように、すぐわかるのだ。

急に秋の夜のしみわたる静けさが、ひろい黴くさい応接間のまわりにひろがっている思いが濃くなる。窓のそとには栗林があって、玄関へ来るあいだの石畳の道にも、いくつも腐れた栗が落ちていた。……刑事は目の前の壁の雑多な額絵に目を遊ばせながら、実は遠く殺された孔雀の声を幻覚に聴いた。

もちろん刑事が現場へ着いたときには、孔雀はことごとく燦爛たる骸《むくろ》になっていた。彼は自分の耳でその声を聴いたわけではない。しかしこの濃密な夜のむこうには、今も殺された孔雀どもの狂躁の叫びが、ちょうど黒地に織り込まれた金糸銀糸のように、細く、執拗につづいているように思われる。

刑事はさっきの気のない返事に傷つけられて、ふと意地悪な気持になって、すぐわきの美少年の写真を指さして、振り向いた。

「これはどなたです」

富岡の死んだような目は、このときはじめて、一瞬、波間から跳ね上った魚鱗のような煌《きらめ》きを放った。

「私です」

「え？」

「私ですよ。十七歳のときの写真です。うちの庭で父が撮ってくれたのです」

細君の顔には、刑事が呆気《あっけ》にとられた心地の裡でたちまち期待していたのとそっくり同じな、軽蔑の微笑が泛んだ。

「今の富岡からは想像もできませんでしょう。はじめて刑事さんと私と意見が合ったわ。私が結婚したとき、もう富岡にはこんな写真のほんのかすかな面影も残っていませんでした。何しろ私たちが結婚したのは、わずか五年前ですものね」

刑事はしっかり礼儀を守ろうと心に決めてきていたから、笑いもせず、愕《おどろ》きも隠したけれども、そう思ってつらつら見ると、正にそれは富岡の少年時代の顔にちがいなかった。ただ、職業柄あれほど人相に詳しい自分が、今までこの写真と富岡との相似に気づかなかったのはいかにもふしぎである。

なるほど、言われてみれば、富岡の眉の形はその美少年の眉の形と同じである。澄んだ美しい目は似ても似つかず、目の下には皺が幾重にもふくらんでいるけれど、その目の切れ具合は同じである。鼻の形も同じなら、酷薄な感じを与える薄い唇も同じである。

しかし、今の富岡には怖ろしいほどかつての美が欠けている！　美が欠けているというだけのことが、そうまで刑事の職業的判断を狂わせたのはふしぎなことだが、その欠け方が徹底的で、尋常でないのだ。今の富岡はむかしの富岡の拙劣きわまる戯画のようで、強い単純な線で特徴を誇張することなく、あんまり忠実に細部をなぞりすぎ、しかもそれを弱い崩れやすい、確信のない線で仕上げたので、こうも相似を失った印象を与えるのであろう。

それがいったん、「私です」と言われると、たちまち緒《いとぐち》がほどけて、すべての相似が焙《あぶ》り出しのように浮き上ってくる。今は刑事も、それが富岡の少年時代の顔であることを疑わなくなった。

——富岡家を辞して、署まで自転車で帰るあいだ、彼の脳裡からは現実の疲れ果てた富岡の顔が消えて、次第にあの絶世の美少年の面影ばかりがひろがるのにおどろかされた。月の出ていない晩であるが、幻のその面輪が月のように刑事の眼前にちらついた。

ここから署までは、未鋪装の、粗い砂利道を行かねばならない。かたわらには竹藪がつづき、人家の灯は藪の底に黄ばんでいるだけで、反対側には刈田や畑がつづいている。この道を自転車で行くのは容易ではないので、刑事はとうとう下りて、藪に身をすりつけながら自転車を引きずって歩いた。

こんな道が、M遊園地から横浜バイ・パスまでの抜け道になっているのである。突然、背後から光芒が迫って来て刑事の影を乱暴に前へ繰り出し、M遊園地がえりの車の一台が砂利を蹴立てて抜け道を来るのが知られた。

刑事はさらに藪に身をすり寄せて車をやりすごしたが、運転台の男によりかかった女の白いスカーフの閃《ひらめ》きだけが目にのこった。かなり古い型のその大型車は、夜目にも埃だらけの車体を弾ませ、砂利の凹凸に車輪をはね返されながら、大ぶりに揺れてすぎた。

刑事はまたもとの静けさの中で自転車を止め、いろいろと考えてみるために一服しようとして、見返った。そして彼は背後の空に、黒い林のかげの縁《へり》をぼかしているM遊園地の、火事のような紅い燈火の反映を見た。そのなかにきわめてゆっくりと、赤や黄や緑の光球が移ってゆくのは、最も高い空中観覧車の頂きの灯だと思われた。

3

……刑事がかえったあと、富岡は細君にたのんで、しばらく一人にしておいてもらった。去りがけに、そう言われた細君は、高い美しい声でいつもながらの言葉を残した。

「何を考えることがあるの。まさかあなたがやったんじゃないでしょうね」

「何を言うんだ。ちゃんとアリバイがあるじゃないかね」

「私が眠っているあいだはわかりはしないわ」

富岡は細君が去ったあと、一人きりになって、椅子に深く身を沈めて、煙草を吹かした。細君が身辺から去ると、ちょうど、風に鳴る風車売りの荷車が遠ざかったような感じがする。

夜も深まると火がほしい季節になったと富岡は思った。夏のあいだも据えっぱなしになっている瓦斯《ガス》ストーヴの塵を払わなければなるまい。彼は子供のころ、この同じ部屋で、同じ古びた湿った天津絨毯《テンシンじゆうたん》が、季節の最初の火の温《ぬく》みにつれて立てるなつかしい匂いを思い出した。

孔雀の死は、今夜の刑事の来訪で、格段に身近かなものになった。死の前日の彼らを、あんなに心ゆくまで眺めたのも、何かの因縁であったろうが、彼らの死によって受けた衝撃はさっきまでは昼となく夜となくつづく、ひっきりなしの酩酊のようなものになって、富岡の裡に澱んでいたのに、刑事が来てから、その感情ははっきりと目をさまし、立上って、現実と関わりのあるものになった。夢のような死が、残虐で絢爛とした死になった。そして刑事という職業の与えるふしぎな暗示力のおかげで、あの男の目、声、すべてにある仮構の現実をエッチングのようににじみ出させる腐蝕力のおかげで、富岡みずから、孔雀の死に並々ならぬ関係を持っているような感じがしだした。それはともすると、細君がいみじくも暗示したとおり、彼が夢のなかで犯した犯罪だったのかもしれない。

そう考えなければ、あの犯罪にひそむあまりにも無意味な、美的なほど無意味な、人の理解を拒む要素がはっきりして来ない。豪奢《ごうしゃ》という言葉を、人が孔雀を飼うことに向けるならば、それは孔雀を殺すことにももっと適切に向けられるのを富岡は考え、そんな不合理の原因は、すべて孔雀という存在そのものに発することにも気づいていた。千頭の牛を飼い、千頭の馬を飼い、あるいは千羽のカナリヤを飼うことは、豪奢と言えるかもしれないが、その殺戮は少しも豪奢ではない。

すべては孔雀のせいなのだった！　あれは実に無意味な豪奢を具えた鳥で、その羽根のきらめく緑が、熱帯の陽に映える森の輝きに対する保護色だなどという生物学的説明は、何ものをも説き明しはしない。孔雀という鳥の創造は自然の虚栄心であって、こんなに無用にきらびやかなものは、自然にとって本来必要であったはずはない。創造の倦怠のはてに、目的もあり効用もある生物の種々さまざまな発明のはてに、孔雀はおそらく、一個のもっとも無益な観念が形をとってあらわれたものにちがいない。そのような豪奢は、たぶん創造の最後の日、空いっぱいの多彩な夕映えの中で創り出され、虚無に耐え、来るべき闇に耐えるために、闇の無意味をあらかじめ色彩と光輝に翻訳して鏤《ちりば》めておいたものなのだ。だから孔雀の輝く羽根の紋様の一つ一つは、夜の濃い闇を構成する諸要素と厳密に照合しているはずだ。

生存し、飼われることにもまして、殺されることが豪奢だということ、そういう孔雀の本質を開顕した事件が、もともと孔雀好きな富岡を、永い酩酊に沈ませたとしてもふしぎではない。それはどういう存在形態だろう、と富岡は、退屈な倉庫会社づとめの昼休みにも、多くの船をうかべた港の沖の、孔雀の首の羽根のような緑と紺のきらめく一線を望みながら、考えたものだ。

『それはいったいどういう存在形態だろう。生きることにもまして、殺されることが豪奢であり、そのように生と死に一貫した論理を持つふしぎな生物とは？　昼の光輝と、夜の光輝とが同一であるような鳥とは？』

富岡はさまざまに考えたが、そうして得た結論は、孔雀は殺されることによってしか完成されぬということだった。その豪奢はその殺戮の一点にむかって、弓のように引きしぼられて、孔雀の生涯を支えている。そこで孔雀殺しは、人間の企てるあらゆる犯罪のうち、もっとも自然の意図を扶《たす》けるものになるだろう。それは引き裂くことではなくて、むしろ美と滅びとを肉感的に結び合わせることになるだろう。そう思うとき、富岡はすでに、自分が夢の中で犯したかもしれぬ犯罪を是認していた。

……その思いは、今、黴くさい応接間に更《ふ》けかかる夜のなかで、一そうの現実感をもって明滅している。

富岡は孔雀の殺される瞬間を見なかったことが、一生の痛恨事だという考えを、強めずにはいられない。十月一日の午後、一人でM遊園地を再訪して、心ゆくまで眺めたのは、生きた孔雀にすぎなかった。その放し飼いの穏和な印度孔雀の群を、あらゆる角度から眺めつくした記憶は、今また、まざまざと心によみがえる。

孔雀の尾羽には上尾筒がかぶさっていて、それが扇のようにひらくのを見るには、雄が雌にその誇りにみちた美を見せつける必要の起こる、春の朝が一等いい。むかし富岡はわざわざそれを見に、春になると朝から動物園を訪れたものだ。

放し飼いに適した印度孔雀は、残念なことに、あの驕慢な、兇暴な真《ま》孔雀に比べて、絢爛たることにおいて、格段に劣っている。遠くから見れば、それはM遊園地の中庭のいちめんの芝生の緑に、ともすると紛れ入る輝く緑の鳥群にすぎなかった。

しかし、近くで詳《つぶ》さに眺めれば、その色調の微妙さは、あのように光彩陸離《こうさいりくり》たる真《ま》孔雀にも勝《まさ》っている点がある。

孔雀はベンチに腰かけている彼のほうへも、突然、何かを期待するように、急ぎ足でやってきた。

大きな丸い胸から、いかにも落着かない、思慮のない長い首が伸びて、それが、干からびた鳥の顔につづいている。孔雀が何度もうなずきながら近づいてきて、急に首を上げるときに、富岡はそれを仔細に眺めることができた。

孔雀の顔だけは、それほどのゆたかな色の装いに比して、鳥らしくやつれていた。灰色の嘴《くちばし》と、固い皺にかこまれた目と、その目の下の一部分の白い羽根と、そして肢《あし》とが、彼のすっかり凋化した、木乃伊《みいら》のような不死の肉体を想像させた。しかしそれは見かけだけの不死で、彼の華美な衣裳の中にこそ生命がこもり、衣裳を殺せば彼は死ぬのだった。

頭部の冠毛は日をうけて青く光り、微風にもそよぐその小さな幾多の扇は、不均斉に競い立っていた。首のまわりの濃紺の光沢は、光りの加減で緑にも見えたが、首の根元へ移るにしたがって、本当の緑になり、やがて萌黄《もえぎ》になった。その移り具合は、色彩のもっともまばゆい詐術であって、濃紺が薄まって緑になるときに、どこから緑がはじまるか知ることはできなかった。深い羽毛は、色と光輝とのこの微妙な変化を奥深く隠し、ある光りの下では、すべてを海のような紺碧に見せかけることさえできた。影がすぎると、萌黄の一部はあざやかな黄になった。また、孔雀が羽づくろいをして、羽毛をふくらませると、濃密に重なっていた羽毛の一本一本が浮き上り、かがやく緑の首のかげに、焦茶いろの下羽を窺わせたりした。

背には渋い茶いろの斑紋があり、その茶は腹のわきにも鮮明に繰り返されたが、ゆたかな胸もとの緑のかがやきは、たえず孔雀のまわりに眩暈《めまい》のするような緑光の波紋を及ぼしていた。

孔雀は首を狡猾なほど巧みに折り曲げて、たびたびその嘴で、胸もとを掻いたり、背中を掻いたりした。するとなだらかな首の緑は散光を放ち、羽毛は一つ一つ、いちめんに刺さった小さな矢羽根のようにそそり立った。

上尾筒には灰と茶の貝殻のような紋様が重なっており、それはあたかも、多くの貝を引きずった長い海藻を束ねたかに見えた。しなやかでこんもりとした体軀。すべてが尾へ向かって流れる羽毛の、一分の隙もない秩序。……それらが孔雀に、緑光を放ってふくらむ川を断ち切ったような形を与えていたが、いうまでもなく、その川は、エメラルドの河床を流れる瀬が日を浴びた姿であって、煌《きらめ》く川面《かわも》は日光の激しい圧迫と河床の緑柱石の烈しい矜持との間に立ち、その燦たる緑の表面自体が、はかりしれぬ財宝の反映であり、また、反映にすぎなかった。かずかずの孔雀はかくて、その孔雀の流れの底に、宝石の河床を秘めていたが、孔雀自身はというと、かくも稀有《けう》な、かくもまばゆい絶対の緑の、一羽一羽がきらびやかな反映であり、いわばまた、幻なのであった。

殺されるときに、孔雀はその源泉の宝石と一致するだろう。瀬川は河床と結ばれるだろう。……

富岡は目を閉じて、その殺戮の場面を思い描き、それがどんなにきらびやかな戦慄に充ちていたかを考えた。

『きっとそのとき孔雀たちが上げた悲鳴は』と彼は唇の端に、歌のように呟いた。『暁の空を縦横に切り裂く蒼ざめた刃のようだったろう。散乱する緑の羽毛。ああ、そのときをどんなに待ちこがれ、その解放の時をどんなに夢みて、あれらの青緑光を放つ羽根毛はおとなしく孔雀の身に貼りついていたことか。今度はその小さな羽毛の一枚一枚が、微小な無数の孔雀のように、M遊園地の丘に上る暁の最初の一閃に照らされて、その緑の煌きを思うさま飛び翔《た》たせたのだ。ああ、それから貴い血が、孔雀の羽根に欠けていた鮮かな朱のいろが、どんなに華麗にほとばしって、その身悶えする鳥身に、美しい斑をえがくかが見られたことだろう。そこで孔雀はもう一つの役を、狩の獲物の雉《きじ》どもの役を演じたのだ。朝猟《あさがり》の獲物としての鳥類の本質的な姿、かれらの本当の式典風の姿を示したのだ。もう孔雀には、落着きのないそわそわした態度も、威厳を損じるちょこまかした動きも封じられる。優美な、堂々とした、血にまみれた獲物になり、その首の藍と緑と萌黄は、今こそ不動のうちに、殺された騎士の鎧になり、縅毛《おどしげ》になったのだ。荒れたすさまじい朝空のひろがりの下に、横たわるその獲物。孔雀でありながら、鳥の運命の絶頂に達すること。その悩ましい首筋がもっともふさわしい弓なりに静止すること。いったん飛び去った無数の小孔雀、あの羽根毛どもが、ふたたび宿りにかえるために、緑の雪のように亡骸に霏々《ひひ》と降るさま。しずかに土にしみる血。……そのときこそ、孔雀は孔雀の本質と結びつき、川と川床は一つものになり、孔雀は宝石と一つになるだろう。ああ、それを見なかったのは俺の一生の痛恨事《つうこんじ》だ。もし俺が殺していたのだったら、思う存分、その奇蹟の時を見尽すことができたろうに。その犯人が嫉《ねた》ましい。犯人をつきとめてやりたい。せめてその、世界でもっとも豪奢な犯罪を犯した奴の顔を見てやりたい』

富岡は思わず熱して、拳《こぶし》を握りしめて、みひらいた目であたりを見まわした。父ののこした古ぼけた赤道通過の証明書があちらの壁に見える。彼の肩にのしかかっている土地や家庭や勤めや世間や、さまざまのものの重みが、子供のときのランドセルの重みのように感じられる。駈け出すと、ランドセルの中ではセルロイドの筆箱が鳴った。しかし今、彼が駈け出しても、背中で鳴るものは一つもない。

鳴っているのはピアノの音である。二階の妻の居間から、その音が遠くひびいている。娘の眠りをさますのを怖れて、富岡が何度か禁《と》めたのに、いっかなきかない妻は、不機嫌な夜にかぎって、こんな風にピアノを叩きながら、衰えた自分の咽喉を試すのである。その遠吠えがピアノにまじって悲しげにきこえる。あの高すぎる美しい声が四方へ放たれ、夜ふけの藪のざわめきの間を、どんなに光る背を見せて走るのだろうか。

父の証明書の額のつづきに、ついに富岡は、みずからどうしても直視する勇気のないあの写真を見る。憂わしげな、絶世の美少年のあの肖像を。

『俺の美は、何というひっそりとした速度で、何という不気味なのろさで、俺の指の間から辷り落ちてしまったことだろう。俺は一体何の罪を犯してこうなったのか。自分も知らない罪というものがあるだろうか。たとえば、さめると同時に忘れられる、夢のなかの罪のほかには』

4

十月二十日の夕方、刑事はM遊園地のかえりに、自転車を駆って、富岡家を再訪した。このあいだの詫びを言おうと思ったのである。

遊園地がふたたび孔雀を買い揃えて披露したのが十五日のことであるが、十八日の朝、孔雀どもはまた襲われた。

今度は現場もよく保存されたが、犬の足跡がかなり多く発見された。十五日前後に怪電話があり、俺は孔雀を殺した者だが、五十万円持って来ないと、もう一度やるぞ、という脅迫の声を伝えていた。

新たに買い揃えた二十五羽の孔雀のうち、二羽をのこして二十三羽が、暁闇の一時間ほどのうちに、唯一人の目撃者もなしに殺されたのである。

刑事が門のところから自転車を引いて、夕闇の甃《いしだたみ》を辿りかけると、横合いから声をかけられて振向いた。見ると富岡が箒《ほうき》を手にして立っている。道の一方が栗林、一方が楓《かえで》や雑木の林になっている。その楓林の下かげから現われたのだ。

刑事は用意してきた愛想を示して、

「いや、先夜は失礼しました」

と挨拶した。

「いや、今会社からかえったところでしてね。あんまり落葉がひどいので、夕食前の腹ごなしに、こうして働いているところです。……だが、またやられましたね」

と富岡は尋常に眉をひそめて言った。刑事はもうその表情を窺う必要がなかったので、むしろ富岡が率直に、残忍な喜びをあらわしてそれを言ってくれたほうがよかった。しかし夕闇の中にほのめく彼の白い歯はなかった。

「それでお詫びかたがたご報告に上ったんです。この間はお騒がせして全くすみませんでした。今日実は、事件の結論がはっきり出ました。あしたの新聞に載ると思います」

「犯人がつかまったのですか」

と富岡は箒を握ったまま一歩を進めてきた。刑事はふと地を埋めている楓の紅い落葉が、闇に犯されて凝固した紫黒色の堆積をふくらませ、あたりにすがれた朽葉の匂いを漂わせているのを嗅いだ。それは何か水薬の罎の冷えを思わせるような匂いである。

「いいえ」

と刑事は、せっかく息込《いきご》んで訪ねて来た心に、にわかにたじろぎを覚えながら、言うだけのことを口早やに言った。

「ありゃ、結論をいうと、野犬の仕業《しわざ》だとわかったんです。きのう上野動物園のえらい獣医の先生が呼ばれて、検視の結果、傷は明らかに犬の牙で、表面が無傷で死んだ鳥は、みんな内出血だと判定が出ました。獣医さんの説明によると、孔雀は特に臆病な鳥で、外敵に襲われそうになっただけで、すくんで飛び上って、金網に頭をぶつけたりするそうですから、外敵に羽根をちょっと噛まれるだけでも、たちまち肺臓破裂出血を起こすんだそうです。

野犬はまた、飼犬とちがって、最初は一匹で襲撃してきても、回を重ねるにつれて仲間をふやし、習性として、まず必ず土を掘るのですが、孔雀小屋の金網の下を掘って、侵入した形跡があります。まあ、いろんな点で、獣医さんの説明があまり見事なので、野犬説に決まりました。もっともまだ囮《おとり》捜査はやるつもりですが……」

「そんなことは決してありません」と富岡は押しかぶせるように言い出した。これほど彼が言葉に熱をこめ、取り縋《すが》る喋り方をするのを刑事ははじめてきいた。闇の中で富岡の熱い息が、頬にかかるように刑事は感じた。

「そんなことは決してありません。人間がやったに決まっています。人間でなくて、どうしてこんなことを思いつくというんです。犬なら犬でもいい。しかしそれは人間が犬を使ってやったことに決まっている。そうじゃありませんか。人間が巧く犬を使ったんですよ」

「そういう説もありました。ありましたが、なにぶん証拠が……」

「証拠がどうしたというんです」と富岡の言葉はいよいよ熱を帯びた。「野犬説なんて全く莫迦《ばか》げている。人間ですよ。私はそう信じます。……さっきあなたは、囮捜査を続行するとか言われましたね」

「ええ、それは……」

「するのですか。しないのですか」

「それは当分つづけるつもりですが……」

「今夜も?」

「そうです。今夜も」

富岡はちょっと黙って考えていた。やがてその、やるせないような声音《こわね》が、おずおずと、ひどく熱い願いを隠して、こう言うのを刑事はきいた。

「今夜ぜひ私をお供させてください」

5

刑事の上司がこの民間篤志家《とくしか》の協力を許したので、富岡は夜半、遊園地が閉って後片附がすんでから、刑事と二人で、遊園地へ入ることができた。細君は蔑《さげす》み笑いながら、サンドウイッチの包みを良人に持たせてやり、刑事は汚れをいとわないジャンパーとズボンの姿に、拳銃を仕込み、双眼鏡を携えていた。

二人は深夜の無人の遊園地の広場を横切った。

噴水は絶え、イルミネーションはみな消され、空中観覧車の灯も消えていた。多くの円屋根や三角屋根が星空の下に黒く蟠《わだかま》っていた。刑事は宇宙旅行館の裏手へまわって、孔雀小舎への、まだ鋪装半ばの径を辿った。

そこは孔雀の閨《ねや》であって、昼間放し飼いにされていた彼らは、日が落ちるとともに、六つの枡《ます》に仕切られた小舎に、四五羽ずつ入れられていたのであった。今は残った二羽が、囮として、一つの小舎に棲んでいるだけである。

小舎のうしろには豆汽車の線路が通っており、そこだけ小高くなった向こうに、犬の破った金網がつづいていた。金網の内側には植込みが連なり、その葉末を透かして、M遊園地を取りかこむ山林がはるかに見えた。

このあたりは丘陵の起伏がのびやかで、正面はあたかも伐採をおわったあとの裸かの円丘が、うしろの林や竹藪から浮び出ていた。どこにも人家の灯はなかった。

富岡と刑事は孔雀小舎のかげに身をひそませたが、夜の冷気は次第に募《つの》り、小舎の中からは羽づくろいの音もきこえなかった。昼間の緑光も失って、二羽の孔雀は奥の止り木に、くろぐろと身を倚せ合って止っていた。

富岡はこの虚しい小舎を充たす闇のなかに、なお死んだ孔雀どもの光彩が、ありありと残っているのを感じた。それはただの闇ではなかった。闇に落ちている形見の一枚の羽根毛ですら、緑、藍、萌黄などの絢爛とした色彩を保っているのなら、この闇自体が、なお隅々までも、それらの色彩の記憶にひしめき、いわば闇の微粒子の一粒一粒に、孔雀の輝きを宿しているはずだった。

二人は待ちつづけ、刑事は睡気を催し、富岡だけは怠りのない目を放った。富岡はだんだんうつろになる心を、さまざまの孔雀の幻で充たして鼓舞しながら、自分のかたわらで辛うじて目をひらいている刑事のうずくまった姿を、蔑むように時折り眺めた。

彼は待った。夜光時計を見て、夜半を夙《と》うにすぎたのを知った。ひろい遊園地には音が全く絶え、目の前には豆汽車の線路が星あかりに光っていた。

空には雲がところどころにあいまいに凝《こご》っていたが、風はなく、山の端《は》がおぼめいてきて、赤らんだ満月が昇った。月はのぼるにつれて赤みを失い、光りを強め、孔雀小舎の影はあざやかに延びた。

犬の遠吠えがきこえ、これに応える遠吠えがあって、間もなく止《や》んだ。

刑事は突然、富岡に肩をゆすぶられて、身を起こした。富岡の目はかがやいていた。

「ごらん。私の言ったとおりだ」

刑事は言われたとおり、裸の円丘のほうへ目をやった。

円丘は月に照らされて、無数の切株の影を宿して、さっきとは全く眺めを変えていた。その月下の切株の影は整然とした斑《ふ》のようで、平たい紙に印された図形のようにも見えた。

そこを近づいてくる人影がある。人影の前に影がのびて、そのまばらな四つ五つの影が乱れて躍っているのは、たしかに犬だとわかる。人影が斜めになったとき、犬どもの力に抗《あらが》ったその人が、強く弓なりに身を反《そ》らせているのがわかった。

刑事は双眼鏡をとりあげて、目にあてた。その細身の体の男は、黒い服を着て、犬の鎖を両手に引いていた。ふと月に照らされた白い顔を見て、刑事は声をあげた。

それはまぎれもなく、富岡家の壁に見た美少年の顔である。……

朝の純愛

上

良輔夫婦はその朝、久々にすがすがしい接吻をした。

朝と言っても、しらしらあけの空に向かって、露台へ出て、薄荷《はっか》の入った水を含むように、黎明の空気を相手の唇の端に感じて、それからまた、夜《よ》すがらの熱のこもった口腔の熱さを舌でまさぐって、いつまでつづけていても倦きるということのない接吻を久々にした。

そこかしこに鶏鳴が起こり、果樹園の木々はまだほのぐらい靄《もや》に包まれ、五月とはいいながら、冷気が二人の肌に触れた。妻の玲子《れいこ》は青いネグリジェを着ていたが、良人の首へ手を廻して爪先立っているので、袖のない脇からは乳房がこぼれ、それがかすかな朝風に揺《ゆら》いでいるように見えた。

玲子は四十五歳とは見えぬほど、すこしも疲れのない雪白の肌を持ち、疲れはむしろ内に隠れて、奥深くに澱《よど》んでいた。それは時たま、水底《みなそこ》の黒い砂のように透《す》けてみえたが、そこはもはや、肉体の領域ではなかった。何と言おうか。彼女は表面の肉体はそのままにして、この世に起こる何事もそれにには影響を及ぼさせぬように精妙に保って、いつも存在の透明な上澄《うわずみ》をかきみださぬままに、生き、年をとり、……そうしてこの世のあらゆる塵芥《ちりあくた》は、肉体の底深く堆積させ、沈澱させてきたのであった。彼女にとっては、かくて、肌の底深いところは、もはや肉体の領域ではなかったと言える。それは精神の領域と言おうか、つねに腐敗と分解作用の進行している塵芥処理場の領域、生きながらの死の領域と言おうか、……しかもそれは決して彼女の外側へ、つまり肉体へ、影響を及ぼすことがなかった。

それは五十歳の良輔も同じだった。二人がはじめて会ったとき、これ以上美しい一組は考えられないほどだったが、良輔は二十三歳で、玲子は十八歳であった。戦争を通じて七年ごしの交際をして、戦争がおわって良輔が復員してきて、二人が結婚したときには、良人は三十歳、妻は二十五歳になっていた。それから二十年の結婚生活のあいだ、二人の間には子供がなかったから、世界はずっと二人きりで占められてきた。

良輔が戦後父親ゆずりの家で、無為《むい》にその二十年をすごしたについては、どうしてそういうことができたか誰も知る者がない。ある者は、戦争のすむ前に良輔の母が、外地からひそかに運び込んだ大量のダイヤのおかげだという。母はコールド・クリームの罎のなかに、十カラット以上のダイヤを幾粒となく、埋《う》め込んで日本へかえったのだという。

しかし、両親の死後、良輔が自分たち夫婦の生活を守るためだけに、理財の才能を発揮したのはたしかで、彼はそのときどきの経済状勢を利用して富み、何もせずに遊んで暮していた。その無為自体が何かへの復讐のようでもあり、二人は、この世にありえないことのようであるが、財産をみごとに管理し、円滑に運用しながら、二人だけの愛に生きていたのである。

それとも二人だけの愛の思い出に生きていた、と言ったほうが適当かもしれない。彼らは一刻一刻を、あの最初の出会いに、あの美しい最初の愕《おどろ》きに賭けていた。玲子は五十歳の良人に、くりかえし二十三歳の面影を見出し、良輔は四十五歳の妻に、たえず十八歳のういういしさを発見していた。

これはグロテスクなことだろうか？　これほどまでに主観的な美の幻影を、他人に納得させるのは不可能なことだろうか？　実は二人が実際に二十三歳であり十八歳であることをやめてこのかた、すなわち彼らの二十四歳と十九歳以来というもの、これは人生において、というよりは、人生を向こうに廻しての、二人のもっとも重要な課題になっていたのだ。彼らは実に執拗に諦めなかった。何度でも最初の幻影に戻って来てそれを確かめ、かれらの外見の異常な若さがそれを扶《たす》けた。

しかしいくら若いと言っても限度がある。彼らは徐々に昼間の光りを避け、そうかと言って夜の人工の光りもきらって、夕刻やあけぼのの微妙な光りを愛するようになった。そのあいまいな、しかし自然な光線のなかでは、五十歳の男と四十五歳の女は、自分たちの輪郭だけをとどめるある微妙な自然の恵みに浴し、自然がそういうあいまいさのうちにだけ法則の苛酷をゆるめ、遠い若さの反映を、山ぎわのあけぼののように、新鮮に保ってくれることを知ったからである。

玲子は今も、十八歳のときの自分が、母の化粧机からこっそり取り出してつけた香水をよく憶えていた。そのとき良輔がその薫りをほめてくれたことから、香水は彼女にとって人生のもっとも儀式的な薫りになり、玲子は良輔との、そういう特別な場合にしかそれをつけなかった。そして、今さら断わるまでもなく、良輔がその香水の薫りを望むときには、玲子は直感的にそれと知って、かつて十八歳の自分がしたように、胸もとからほのかにその薫りが立昇るように工夫をした。

今もその薫りは、二人が相擁している露台の上に漂っていた。そのとき四十五歳の玲子は、まぎれもない十八歳なのであった。

良輔の家は多摩川のむこうの、東京の外《はず》れにあって、二階の露台からは眼下にひろがる果樹園のむこうに白い川の一線がのぞまれた。このあたりはこのごろ車が多くなったのだが、良輔の家は前面の果樹園のために騒音から護られ、朝霧におおわれているときなどは、乳いろの湖に面しているように思われた。

今、青いネグリジェに包まれた玲子の体は、こんな五月の朝の冷気のなかでも、朝の煖炉の燠火《おきび》ほどにほてっていた。良輔がまさぐる玲子の体、その体のおのおのの部分の愛らしい敏感な答え方、その肉のたゆたいと、良輔の指がのびてゆくところに、ひとつひとつ新たに目ざめるように新鮮に伝わる戦慄、その全身のいっしんな爪先立ちの少女らしさ、すべてに彼女の十八歳がよみがえっていた。

良輔の力強さも、二十年連れ添うた妻に与えるその接吻の真率な夢見心地も、五十歳の男のものではなかった。彼はなお青年の健やかな膂力《りょりょく》を保ち、妻の髪をやさしくまさぐる指さきには、こんな膂力とはうらはらの、ういういしい若者のおののきがこもっていた。

それはすばらしい接吻で、何年ものあいだ、二人はこんなに純な、飛翔するような接吻を味わったことがなかった。

　もちろんこんな接吻を用意するためには、多大な努力が払われ、世間の人が不自然だと顔をそむけるような、複雑な人工的な試みがめぐらされていた。しかし、唯一つ疑《うたが》いのないことは、この瞬間の接吻が世にも自然なことであり、二人はこの瞬間の自然を成《じょう》就《じゅ》させるために、あんなにも不自然な努力を強いられたのであった。

　それも仕方のないことで、自然に抗し、自然をだましすかして、もう一度、自然の本来の素直な力を働かすためには、人智の限りを尽さねばならなかった。はじめの数年、二人は詩と想像力にたよっていたが、詩や想像力の一回的な性質は、同じ源泉へ遡《さかのぼ》ろうとする努力をすぐに涸らした。こちらが呼び起こそうと思う神は、詩や想像力によっては、ただ一度しか姿をあらわさない。それの無効がもはやひしひしと感じられるようになると、二人は次は演技によって、それを取り戻そうとこころみたが、演技の特徴は、くりかえしのきくところにあるにしても、くりかえされるためには、心が冷えていなければならなかった。

　二人が呼び起こそうとしたことは単純なことで、ある五月の朝、さわやかな少女の目が、愛する青年の姿にそそがれ、野には露が充ち、地平線には戦争と生の不安が大きく立ちふさがり、別れが予定され、接吻が暁の最初の一閃のように二人の若い唇をよぎり、……そういう忘れがたい愛の至福の姿であった。しかし結婚して二十年このかた、良人はいつもそこにおり、妻はいつもそこにいた。誰がそれを咎《とが》めることができたであろう。そこにいる、ということは、変えようのないことであり、そこにいるということが確実になったときから腐敗は進行する。二人は世のつねの夫婦とちがって、全力をあげてこの腐敗と分解作用に抵抗しようとしたのである。

……詩も想像力も演技も、底をついたことがわかったとき、二人はもっとも不自然な方法を考えつき、それを徐々に実行した。それはおそらく倦怠の果てに、誰でも思いつきそうな方法なのであるが、二人はそれを世にも美しく、完璧なやり方でやろうとしたのである。目的とするところは、五月のある朝、少女の唇に熟れたあの接吻のためだけだ。つまり二人は、他人を利用することをはじめたのだ。

他人を利用するということの、冷たい軽蔑感が二人の情熱の保証になった。ただ若いだけの人間に対するこんな手きびしい軽蔑を、二人はかれらへの正当な教育的手段だとさえ考えていた。

……そうして、今、良輔と玲子は、五月のしらしら明けの露台で一体になっている。これほど美しい、永遠に若々しい一組は、どこにもいないことを二人は知っている。数年前から、良輔は舶来の白髪染めを使っているので、その髪は指を触れても汚れない、つややかな若い漆黒を保っている。玲子の美しさは言わずもがな、彼女の薄い瞼《まぶた》のなかにうごく眼球のときめきは、すこしも皺のない目のまわりのほの白い肌の中心で、敏感な少女の魂をのぞかせている。

二人の接吻の巧妙な美しさは、純真と熟練の稀な結びつきから生まれ、レエスのカーテンを透かして、それがいかに美しく、いかに悩ましく、ほとんど非人間的なほど清らかに見えるかを、二人はよく知っていた。

接吻は永くつづき、鶏鳴はたえず、空の光りは二人の輪郭をだんだんに桜桃のいろに染めた。

——突然、一つの影が、帷《とばり》のうしろから露台へ飛び出して、二人にぶつかった。

下

問——姓名および年齢は？

答——山脇武《たけし》、二十一歳です。

問——学校は？

答——L大学文学部。学校にはあまり出ていません。

問——家族は？

答――両親のもとを離れて、一人でアパート住いをしていました。
問――両親はそれを喜んで許したか？
答――喜んでは許しませんでした。僕は中小企業の社長のおやじが、自分の小さな会社を僕に継がそうとしているのに、愛想をつかしていました。だいたいこの不景気です し、おやじの楽天主義ももう底が見えているんです。なんかかんか、自分では調子よくやってるつもりなんだな。ただおやじの特徴は、腹を立ててやたらに怒っては、金をくれることなんです。怒って、金をやらないでおくと、息子がひねくれて、不良になると信じ込んでいるんです。だから僕、うんと怒らせて、うんと金をもらって、その金でひとりで新宿百人町のアパートに引越したんです。
問――宮崎ユリとはどこで知り合ったか。
答――そのころ僕が通い出したダンモの店で「ファンキー」という店です。
問――ダンモとは何か。
答――モダン・ジャズのことです。わかってないんだなあ。僕は月並だけど、やっぱりクリフォード・ブラウンが好きで好きでたまらなくて、ダンモの店のうちでも、「ファンキー」は、マスターがブラウニーのファンだから、ブラウニーのレコードばかりかけてくれるので、よく行くようになったんです。そこでユリと知り合ったわけだけど、その晩、僕もユリも少しラリってたんだな。それで、その晩、ユリが僕のアパートへ来て、そのまま、出来ちゃったんです。

問——ユリとの肉体関係はどのくらい継続したか。

答——半年ぐらいかな。その間あったりなかったりです。二人とも大して燃えなかったけど、とてもいいダチになったと思う。ユリもクリフォード・ブラウンが大好きで、あの「男らしい力強さに溢れた光沢《つや》のあるトーン」がたまらない、なんてジャズ雑誌の受売りをやってました。二人は本当は一緒に寝ているときよりも、そうして肩を寄せ合ってブラウニーのレコードきいているときのほうが幸福なのでした。

ある晩、僕たちがそうしてうっとりしていると「ファンキー」へ一人の見馴れないお客が入って来ました。「ファンキー」は照明が暗いから、ちょっと見ると派手な若い女のように見えて、それにとてもハクい女に見えたから、みんなの目を集めたけれど、僕の隣りの席にその女が坐ったとき、僕はすぐその年齢を見抜きました。厚化粧で化けてるけど、相当のばあさんにちがいないのです。

僕はこう見えても、女《スケ》の年恰好を見抜く目はちょっとしたものなんです。女はずいぶん若く見え、若く見えすぎるということが臭いので、本当に若い女は、若さを演出したりはしないのです。三十女なら、ちょっとすがれた若さを売り物にし、二十代とはちがった商品を出しているという自信がありますから、そんなに若さがピカピカしないのです。僕はきっと四十女だろうと見当をつけましたが、この予測は当っていました。

「化け物め」と僕は思って、少し愉快な気分になりました。

「ファンキー」の連中は、若さと美貌、というよりも、馬鹿さと貧乏が売り物なので、こういう金持ちの異人種に会うと、ヒガんでしまう傾きがありますが、僕は反対に胸を張るほうです。

女は僕のほうへ向いて坐っており、目が会うと、軽く、靄がかかったような笑い方をしました。僕も微笑を返したけど、こういう瞬間のすっと体が浮くような感覚は忘れられない。すぐユリが感づいて、僕の膝を押してこう云いました。

「売り込んでるね」

「いいだろう、相手は婆あだもの」

「せいぜい稼いでくるんだわね。スポーツカアでも買ってもらいなよ」

こういうダンモの店では、お客同士はすぐ友だちになります。女が酒を奢《おご》ってくれたので、僕たちは三人でいろいろと話し、女は亭主が焼餅焼きで、こんな店へ一人で遊びに来たのがわかっただけでも、どんな目に会うかわからない、などという話をあけすけにしました。僕は、自分とユリとの間柄を思い合せて、女がそんなに男の嫉妬を想像するのは、己惚《うぬぼ》れのせいだ、と思いました。

三人はすっかり打ち解けて、女も僕とユリとがダチの間柄にすぎないと見極めたものか、ユリに向かって、

「あなた、こんなところでぶらぶらしているより『レインボウ・ホテル』のバアへ行ってごらんなさいよ。あなたのようなフレッシュな若いお嬢さんを探しているおじさま達が、しょっちゅう屯《たむろ》しているという話よ」

などという情報まで提供しました。

問——その晩すぐにその女と関係を持ったのか？

答——まあ、そう急《せ》かさないでくださいよ。女ははじめの口の利きようはあけすけだったのに、ユリと別れて、僕と二人きりになると、何だかばかに固くなって、世馴れない風を見せはじめました。意外に難攻不落のように見えだしたので、僕は一方では、婆あのくせに気取ってやがると思いながら、一方では妙に興味をそそられました。

女は菫《すみれ》いろの洋服を着ていて、それがばかに似合っていました。しかしその似合い方に何かある浅間しさがあるんだなあ。そして、未成熟の少女らしさと、中年の落着きとが、へんなふうにまざり合っていて、その片方ばかりなら始末がいいのに、その一方が一方を一そうグロテスクに見せていると言った具合なんだ。

それに、僕たち若い者の世界へ、にやにやして滑り込んでくる大人たちに対して、それが女であれ、男であれ、僕たちは抑えようのない軽蔑を感じる権利を持っている。女はときどきあどけない目つきをして僕を見上げる癖があったが、僕にはそれが物乞いをしている犬のようでいやでした。

もっと堂々としてもらいたいもんだ、と僕は思いました。彼女には何もしないのに犯罪者のようにそわそわしたところがあり、先廻りをしすぎているこんな恐怖を見ると、僕にはなおのこと、いじめてやりたい気が起きてきました。

いくら化粧で隠していても、小鼻の角とか、耳もととかに、さかりをすぎた女のいかつさがにじみ出て来ていました。声は可愛らしくて年不相応でしたが、それもどうやら作り声のようにきこえました。僕はしかし、こんなに金のかかった、金ぴかの醜さが好きでないこともないのです。ダンスをしに行って、彼女が唇を突き出すと、その唇の形の何とも言えない貫禄と立派さに、僕の全然知らない種類の女の年輩の威厳があふれていました。彼女がもし白髪で、もしまるでお化粧をしていなかったら、僕はもっと愛することができたろうと思います。

「こんなところを主人に見られたら大へんだわ」

とナイトクラブのテーブルで、あたりの客を神経質に見まわしながら、彼女は僕の耳もとに囁きました。

「なぜ？　だって、あんたのほうから、『ファンキー』へ男あさりに来たんじゃないか」

「そう言われると一言もないけれど……」

「それであんたは旦那を愛してるの？」

「愛してるんじゃなくて、怖れているんだわ」

「結構ですね、スリルがあって」

僕はそんな小僧っ子のセリフを言ってやるのが愉快でした。

その晩はキッスだけでしたが、キッスをしたときの女の反応に、僕はたまげてしまいました。それは処女の最初の接吻としか思えない驚天動地《きようてんどうち》のありさまで、ほんとうにそれほど彼女がしたたかに感じているのか、疑わざるをえないほど誇張した演技でした。

僕はいささか気を悪くしました。そして、かえりがけに、女は僕の手に小遣を握らせて、また「ファンキー」で会おうと言いました。

問――その小遣の金額はいくらか？

答――五千円でした。ずいぶん悪くない額だし、実はそれは、僕が女から生まれてはじめてもらった金だったんです。

問――そのとき貰うのを辞退しなかったのか？

答――ちょっと僕が躊躇するふりをすると、女は、「あなたの教育費だから、とっておきなさい」と言いました。
問――教育費とはどういう意味か？
答――知りませんよ、そんなこと。
問――女との二度目の出会いはどうだったか？
答――その前にユリとのことを話さなくちゃならないなあ。ユリとはあくる日会いましたが、ふしぎなことに、二人の友情がその日ですっかり終ってしまったような気がしました。
　というのは、二人とも、きのうのことについては、何も言う気がしなくなっていて、言葉を濁していたからです。二人とも、というのは、ユリも昨晩僕と別れて、そのまま家へかえるような女でないことは、僕もよく知っているからです。今まで二人は、何によらず打明け合って来たのですが、僕は何だか、あの女のことについては、永遠に誰にも黙っていたいような気がしていました。
問――それで、女との二度目の出会いはどうだったか？
答――女は前よりますます消極的になり、僕をじらせていることがよくわかりました。そしてたえず、亭主に知れたら大へんだ、もし知れたらきっと殺される、などと口走るのです。

僕はこれが、僕を刺戟するためのテクニックだとわかっていましたから、意地悪になって、こう言ってやりました。

「まあ、あんたが二十年若かったら、旦那もそれだけ焼餅を焼くかもしれないがね」

「私が二十年若かったら、いくつだと思っているの？」

「自分で数えてごらん」

と僕は冷酷に言い放ちました。女はちょっと淋しそうな目をしていました。

女の身に着けているものはみんな贅沢で、香水も僕の知らない高級なヤッらしいのでした。女が時々ふっとほかのことを考えている様子を見せるのが、僕には気になりました。僕は女と夜の公園を歩き、木かげに入って、大ぜいの恋人たちがするように、その場にふさわしいことをしました。女は少女のように身を慄わせていましたが、もちろん、行くところまでは行きませんでした。

問――「もちろん」とはどういう意味か？

答――僕のほうでも、もうそれ以上に進む気はしなくなっていたからです。女のほうからはっきり誘うまでは。……もしかすると、僕は女に少し惚れかけていたのかもしれません。

問――非常に年の離れた女とわかっていても、なお、そういう気になったのか？　実は金のためではないのか？
答――金のためなら、むしろ積極的に僕のほうから求めたでしょう。僕は女が闇に顔を隠して安心しているのを見て、いじらしくなったのかもしれません。女はたしかに、闇のなかではいきいきして、あの少女らしい声を立てて笑いました。それだけきいていると、十八歳のようでしたし、手にふれる肌の感じも草の露に湿っているせいかひどく滑らかでした。
僕は女の醜さ、年齢の不気味さを、忘れまいとしっかり心に噛みしめていました。そういう冷静な認識が一種の陶酔につながるところが、クール・ジャズを聴く感じに近いんだなあ。僕は軽蔑を心に保っていた。この女は現実を怖れている。それなら、その怖れている現実を、僕がじっとこの手に握っていてやる、という気持でした。
問――あまり抽象的な答は、こちらの求めるものと違っている。もっと具体的に答えてもらいたい。……女とは、その後もそういう一進一退の交際をつづけ、その都度金を貰っていたんだな。
答――そうです。
問――そして女は、亭主に知られては困る、とたびたび口に出したのだな。

答——そうです。町を歩いていても、いきなり、恐怖に目をみひらいて、どこかで主人が見ているような気がする、と言うのです。そして、私が日の光りをおそれるのは、年を隠すためではない、太陽そのものが主人の目のように思えるからだ、と言いました。あんまり滑稽なので、僕は尻《けつ》っぺたを引っぱたいてやった。女はしばらくして、少し涙ぐんで、「ありがとう」と言いました。

本当に軽蔑しているなら、僕はもっと早く、むりやりにでも、女と一緒に寝ているべきだったのです。

問——しかし、最後には女と関係した確証が上っている。それはどんな経過を辿ってのことか？

答——ある晩、僕はふしぎな欲望に耐えきれなくなって、女をホテルへ誘いました。いったん誘った以上、無理強いに、今夜中に型をつけなければ、僕の自尊心が承知しません。しかし女は、急にしょげて、もう一日待ってくれ、と懇願しました。町なかのホテルなどに泊ったら、きっと良人に嗅ぎつけられる。安全な場所を用意するから、何とか明晩まで待ってもらいたい、と言うのでした。

問——そして待ったのか？

答——僕の軽蔑がそれを待たせたのです。

問──そして？

答──あくる晩の夜中に、女はいつもにまさるおめかしをして、赤いMGを自分で運転してやって来ました。それまで僕は、彼女が運転ができるなどと想像もしなかったし、ゴキゲンな車を持って来たので、喜んで一緒に乗りました。

「私の知ってる家で、ちょっと遠い郊外にあるんだけれど、誰にもわからないところがあるのよ。そこへ案内するわ。家の中で、友だちが勝手なことをするに委せているような家だから、何が起こっても、おどろいてはだめよ」

女はそれだけ断わると、深夜の町を走りに走って、多摩川へ抜け、橋を渡って、家のまばらな道を、果樹園が月光に暗い影を落している間へ入ってゆきました。

問──女は実は自分の家へ連れて行ったのだな。

答──そうです。しかし、ばかなことに、僕は朝までそれに気づきませんでした。家へ着くと、女は蠟燭を出して火をつけ、暗い玄関ロビーへ入って、階段を上ってゆきました。

電気がないわけはないのに、雰囲気を作ってやがる、と僕は心の中でおかしく思いながら、光りをおそれる女の心持ちをあわれみました。やがて僕は二階のひろい一間の一角へ導かれていた。カーテンを垂れた露台のフランス窓から、ほのかな光りが入ってくるだけで、その部屋のあちこちには、界《さかい》を作っている大きな古い家具がくろぐろとわだかまり、奥のほうは何も見えませんでした。

壁に沿うて置かれた大きな寝椅子に二人は横になりました。そのとき、遠く、小さな囁きと、女の泣き声とも笑い声ともつかぬ忍び声がきこえて来るように思いましたが、

「気にしないでいらっしゃい」

と女がいうので、僕は気にしないでいました。実のところ、僕はビールにまぜてかなりハイミナールを嚥んでいたので、らくらくと、何でも思うとおりの気分になれたのでした。

女は闇のなかで着物を脱ぎ、恐怖にかられたように僕にとびついてきましたが、それは恐怖ではなくて、怖ろしいほどはげしい、まじめな喜びなのでした。僕は若い娘ならたくさん知っているが、若い子たちは、妙な虚栄心から、自分の喜びを抑制したり、自分の喜びをじっと心のなかで計算していたり、猫のようにけちけちと喜びをあらわしたり、肉の言葉をみんなつまらない精神の言葉に翻訳して、場ちがいのロマンチックな言葉を吐いたりして、僕を弱らせることが多い。

しかしこの四十女は、僕が今までに会ったなかで、一等女らしい女になり、闇の中に、夏の夜空の天の川のように、乳いろのおぼろげな光りを放って、融け込んでしまうので

した。そして啜り泣きのあいだに、彼女は何度も狂おしく僕の顔を抱いて、僕の顔の所在を確かめ、ついに、ようやくききとれるかとれぬかの声で、

「良ちゃん」

と囁きかけました。

僕は睡眠薬《スイ》のせいで、いっこうそんなことも気にならず、ますますはげしく女を愛撫しました。女は、五度か六度、そんな風に男の名を呼んだようでした。そして、その名をたしかめるように、僕の肌をたしかめました。

僕は何も気にならなかった。快楽のなかで、何か抽象的な喜びのなかで、世界に対して無関心でいられる自分、そんな自分でさえ、何も気にならなかった。この瞬間なら、水爆だって、僕は少しも気にならず、足の指先でおもちゃにすることができただろう。

……しらない間に、僕は眠りに落ちていた。

問――そうしてあの朝になったわけだ。

答――朝と言っても、目がさめたときは、まだ部屋の中は仄暗かった。

問――目がさめたとき何を最初に見たか？

答――何も見ようと思わなかったのに、夜明けの冷気のなかで、自分のそばに女がもういないことははっきりと感じた。僕は茫然と立上った。すると、家具のむこうに、何

か白いものが横たわっているのが見えた。女らしい。僕はこっそり、忍び足で、いろんな骨董《こっとう》につまずかぬように用心しながら、そのほうへ近づいた。寝顔もはっきりわからぬままに、僕にはすぐユリだとわかった。

「ユリ」と、小声で呼んで、彼女をゆすぶった。

問——ユリはすぐ目をさましたか。

答——はい。あの子は寝起きがいいんです。

「あんた、どうしてここにいるの?」

と彼女は大きな目をひらいて、僕をしげしげと見つめました。

「お前こそ、どうしてここにいるんだ」

「ゆうべ、男の人に連れられて来たんだわ、先月、レインボウ・ホテルで知り合ったおじさまと」

「そうか。読めたぞ。俺たちは使われたんだ」

「何に?」

「使われたんだよ、奴らの道具に。畜生。これだけ人をなめたやり方があるだろうか」

「わかったわ」

ユリもわかりの早い子ですが、少しもあわてずに、さっき僕の寝ていた寝椅子とちょうど部屋の反対側にある寝椅子の上に、横坐りに坐って、ぼんやり髪のはじをいじくって、口に入れていました。それからフランス窓のほうへ顔を向け、そのほうへ僕の注意を促しました。
問――そのときフランス窓のむこうの露台に何を見たか？
答――抱き合って立っている夫婦の姿をです。奴らはまぎれもない夫婦でした。世界にまたとない、一夫一婦制のお手本でした。僕らは奴らに欺されて、使われたんです。
問――そしてその後……
答――じっと見ていました。奴らはうっとりと接吻していました。
問――どれくらい長く？
答――五分、……十分……、もっと長かったような気がします。
問――それを見ていたときの感情は、怒りか？　怨恨か？
答――いいえ。
問――しかし、次第《しだい》に感情が昂ぶって、お前はふと手をふれたポケットに、飛出しナイフを発見すると、思わずそれを手に握って刃を起こした。それは怒りだろう？　それでも冷静だった、というのか？　それからお前は、いきなり露台へ走り出て、まず女を刺し、次に良人を刺した。犯行は疑う余地がない。しかし、利用され、道具扱いされた人間としての、若い、盲ら滅法の怒りだということになれば、多少は情状酌量の余地がある。何故そう言わないのだ。

答――言えません。ただの怒りではないんですから。

問――ただの怒りでなければ、何の怒りだ。

答――何と言うのかな。讃美と怒りが一緒くたになったとしたら、それを何と呼ぶんでしょうか。その怒りに喜びと憧れがまじっていたら、それを何と名付けるんでしょうか。

あの悪徳の夫婦、あの不健全な、非人間的な夫婦の長い接吻を見ているうちに、次第に僕は、「やられた」と感じだしたのです。ただ欺されたり利用されたりしたことの怒りではなくて、敗北感が、水牢のなかの水のように僕の胸もとへ上って来たんです。何故だか、そのとき、僕は感じたんです。僕らは贋物で、奴らは本物だと。奴らに比べれば、僕らは、ただの影で、ただのつまらない若さで、こんな風に使われるのが相応のところだったかもしれない、と。

へんですね、奴らは、長い接吻のあいだに、かすかに募ってくる暁の光りとともに、だんだんに化身《けしん》してきた。あの婆あと爺いは、本当に、どんな若い美しい恋人同志よりも、若く美しく見えてきた。

僕は耳いっぱいに鶏の声をきいていた。あの不吉な鳥の声のなかで、奴らは、今こわれる瞬前の脆い陶器の像のように美しくなり、曙に映えて薔薇いろになってきた。僕は今まであんなに美しい、純な接吻を見たことがないし、これからも二度と見ることはないだろう。

僕はナイフの刃先を奴らに向けて立上った。

問——何故だ。

答——奴らは美しくて、本物で、……だからです。だからです。ほかには、何一つ、奴らを殺す理由はありませんでした。

中世に於ける一殺人常習者の遺せる哲学的日記の抜粋

□月□日

室町幕府二十五代の将軍足利義鳥《あしかがよしとり》を殺害。百合や牡丹をえがいた裲襠《うちかけ》を着た女たちを大ぜいならべた上に将軍は豪然と横になって朱塗《しゅぬり》の煙管《きせる》で阿片《あへん》をふかしている。彼は睡そうに南蛮渡来の五色の玻璃《はり》でできた大鈴を鳴らす。彼は殺人者を予感しない。将軍は殺人者をかえって将軍ではないかと疑う。殺された彼の血が辰砂《しんしゃ》のように乾いて華麗な繧繝縁《うんげんべり》をだんだらにする。

殺人者は知るのである。殺されることによってしか殺人者は完成されぬ、と。そしてこの将軍は決して殺人者の余裔ではない。

□月□日

殺人ということが私の成長なのである。殺すことが私の発見なのである。忘られていた生に近づく手だて。私は夢みる。大きな混沌のなかで殺人はどんなに美しいか。殺人者は造物主の裏。その偉大は共通、その歓喜と憂鬱は共通である。

北の方瓏子《れいこ》を殺害。はっと身を退《ひ》く時の美しさが私を惹きつけた。けだし、死より大いなる羞恥はないから。

彼女はむしろ殺されることを喜んでいるもののようだ。その目にはおいおい、つきつめた安らぎの涙が光りはじめる。私の兇器のさきの方で一つの重いもの――一つの重い金と銀と錦の雪崩《なだ》れるのが感じられる。そしてその失われゆく魂を、ふしぎにも殺人者の刃はけんめいに支えているようである。この上もない無情な美しさがこうした支え方にはある。……今や、陶器をさながらの白い小さな顎が、闇の底から夕顔のように浮き出ている。

□月□日　〔意志について〕

殺人者にとって落日はいとも痛い。殺人者の魂にこそ赫奕《かくえき》たる落日はふさわしいのだ。落日がもつ憂鬱は極度に収斂《しゅうれん》された情熱から発するところの瘴気《しょうき》である。美そのものをさえそれは殺害《あや》め得るのである。

乞食百二十六人を殺害。この下賤な芥《あくた》どもはぱくぱくとうまそうに死を喰ってしまう。殺人者の意志はこの上もなく健康である。

汚醜のこぞり集った場所での壊相《えそう》は、そして、新らしい美への意志——といわんよりそれがそのまま徹底した美の証《あかし》とみえる。もはや健康という修辞がなんであろうか。

臭気の風が殺人の街筋をとおりすぎる。人々はそれに気づかない。死への意志がこの美しい帆影ある街に欠けている。

□月□日

能若衆花若を殺害。その唇はつややかに色めきながら揺れやまぬ緋桜《ひざくら》の花のように痙攣する。能衣裳がその火焔《かえん》太鼓や桔梗《ききよう》の紋様をもって冷たく残酷にかつ重たく、山吹の芯に似た蒼白の、みまかりゆく柔軟《にゆうなん》な肉体を抱きしめている。私の刀がその体から引き抜かれる。玉虫色の虹をえがきつつ花やかに迸《ほとばし》る彼の血のために。……享《う》けることに忠実であった少年が、今や殺人者につかのまの黙契を信ずる。失われゆくものを失わしめつつ殺人者もまた享けねばならない。殺人者はその危《あやう》い場所へ身を挺《てい》する。かくて彼こそは投身者——不断に流れゆくもの。彼こそはそれへの意志に炎《も》えるものだ。つねに彼は殺しつつ生きまた不断に死にゆくのである。

□月□日　〔殺人者の散歩〕

春のうつくしい一ト日を殺人者はのびやかに散歩する。彼の敬礼は閑雅である。春の森は彼を迎えて輪廻《りんね》そのもののようにざわめいている。小鳥がうたう、わたしも歌おう、小鳥ようたえ、わたしも歌おう。無遍に誘われると、そこではうたがうたわれた。

しかし今、快癒の季節。待つことから癒《い》え、背くことから癒え、すべての約束からの快癒のそれほど、彼――殺人者の胸を痛ましむる季節はない。彼にはどんな病患よりも快癒は無益《むやく》とおもわれた。そこへ身を投げることが彼はできない。その場所では彼は投身者になれないのだ。

殺人者はさげすんだ、快癒への情熱を。花が再び花としてあるための、彼は殺人者ではないのだった。ただ花が久遠《くおん》に花であるための、彼は殺人者になったのだった。

こうした考えは彼の闊達な足どりを、朝露にぬれた蝶々の飛行《ひぎょう》のように、少しばかりたゆたわせた。青の雲がうかんでいた。森がゆたかな風のなかに白い葉裏をひるがえしていた。

それゆえ彼には痛いのだった。森や泉や蝶鳥《ちょうとり》や、満目のうれわしい花鳥図。径《こみち》と太陽。それらに色どられるすべての時象が。……

彼に痛みを促すものは、それは悔いではないだろう。生を追いつめゆく彼の目に涙を点ずるものは悔いではない。それはおそらく彼自身の健康であろうもしれない。季節の流域をさまようために彼は新らしい衣裳をもたない。兇器は万能ではないのだった、その健康をも戮《ころ》し得ぬ彼自身の兇器は。

かつて侮蔑の表情が彼においてほど高貴にみえたか。また痛苦への尊崇が彼においてほど怯惰《きょうだ》にみえたか。彼の魂はあてどなくすすり泣き、世界にあってこよなくたおやかなもののために、さては自《みず》らかかるものたらんがため、彼はふたたび己《おの》が兇器に手をかける。

□月□日

彼——殺人者をよろこび迎えてうたえる諸《しょ》にんのうた。

＊

あな冥府の風吹きそめたり

物暗きみ空の果

日は西風に
爛漫と沈みゆきぬ
（罪の光はわが身に充ち
姿透《す》くがにかがよいたり）
諸人《もろびと》にとりて他者《たしゃ》
神々にとりて他者
さて花のごとく全《すべ》てなる――
轟々と沈みゆきぬ
迎えなん　熟《う》るるものよ
その力をもちて転瞬に哭《な》き
その嘆きをもちて久遠に殺せ！

*

□月□日

遊女紫野を殺害。彼女を殺すには先ずその夥《おびただ》しい衣裳を殺さねばならぬ。彼女自身にまで、その衣裳の核——その衣裳の深く畳みこまれた内奥にまで、到達することは私にはできない。その奥で、彼女は到達されるまえにはや死んでいる。一刻一刻、彼女は永遠に死ぬ。百千《ももち》の、億兆の死を彼女は死ぬ。……

もはや彼女にとって死ぬということは舞の一種にすぎなかったのだ。舞がかつて彼女のなかに宿ってから、世界は再び舞であった。月雪花《つきゆきはな》、炎えるもの、花咲くもの、佇《たたず》むもの、流れつつ柵《しがらみ》にいさようもの、それらすべては舞であった。遊女紫野が眠っているとき、舞はその額のあたりに薫《かぐ》わしく息づいていた。

朱肉のような死の匂いのなかで彼女は無礙《むげ》であったのだ。彼女が無礙であればあるほど、私の刃はますます深く彼女の死へわけ入った。そのとき刃は新らしい意味をもった。内部へ入《はい》らずに、内部へ出たのだ。

紫野の無礙が私を傷つける。否、無礙が私へ陥没《お》ちてくる——。

陥没から私の投身が始まるのだ、すべての朝が薔薇の花弁の縁《ふち》から始まるように。

殺人者はかくてさまざまなことを知るであろう。(げに殺すとは知ると似ている)

陥没への祈りがあること、投身者こそ世界のうちで無二のたおやかなものであらねばならぬこと。それらのことを薔薇が曙を知るように極めて聡《さと》く私たちは知るであろう。

□月□日

きょう殺人者は湊《みなと》へ行った。明《みん》へ向かう海賊船が船出の用意をしていた。磯馴松に朝日が射した。

彼は友人の一人である海賊頭と出逢った。海賊頭は彼を伴って碇泊している船の一ト間へ案内した。珊瑚《さんご》をたわわな果実のようにつけた碇《いかり》が瑠璃《るり》色《いろ》の水の中へ下りていた。みしらぬ午前が、そこを領していたのである。

「君は未知へ行くのだね！」と羨望の思いをこめて殺人者は問うのだった。

「未知へ？　君たちはそういうのか？　俺たちの言葉ではそれはこういう意味なのだ。――失われた王国へ。……」

海賊は飛ぶのだ。海賊は翼をもっている。俺たちには限界がない。俺たちには過程がないのだ。俺たちが不可能をもたぬということは可能をもたぬということである。

君たちは発見したという。

俺たちはただ見るという。

海をこえて海賊はいつでもそこへ帰るのである。俺たちは花咲きそめた島々をめぐるとき、その島が黄金の焔をかくしているのをかぎつける。俺たちは無他だ。俺たちが海をこえて盗賊すると、財宝はいつもすでに俺たちの自身のものであった。生まれながらに普遍が俺たちに属している。新たに獲られた美しい百人の女奴隷も、俺たちを見るや否やいつも俺たちのものであったと感ずるのである。創造も発見も、「つねに在った」にすぎないのだ。つねにあった。——そうして、無遍在にそれはあるであろう。

未知とは失われたということだ。俺たちは無他だから。

殺人者よ。花のように全けきものに窒息するな。海こそは、そして海だけが、海賊たちを無他にする。君の前にあるつまらぬ閾《しきみ》、その船べりを超えてしまえ。強いことはよいものだ。弱者は帰りえない。強いものは失いうる。弱者は失わすだけである。向こうの世界が彼等の目には看過される。

海であれ、殺人者よ。尾上の松に潮風が吹きよせると、海賊たちの胸の中で扇のようにはためくものがあった。俺たちもまた、八幡の神に幣《ぬさ》を手向けて祈るのである。俺たちの祈りは、既存への、既定への祈りである。何ゆえの祈りというのか。無他なるものの祈りはいつもこうなのだ。

海であれ、殺人者よ。海は限界なき有限だ。玲瓏《れいろう》たる青海波《せいがいは》に宇宙が影を落とすとき、その影はすでにあったのだ。

赭土《あかつち》の丘のうしろからものめずらしげに現れた教誨師《きようかいし》たちは俺を見ると畏怖してひざ

まずいた。紺碧の海峡の潮《うしお》の底を青白い鱶《ふか》の群が真珠母をゆらめかせて通った。八幡の旗かげにはいくたびか死が宿ったが、南の島々から吹く豊醇な季節風がすぐさまそれをはらうのであった。

「何を考えているのか、殺人者よ。君は海賊にならなくてはならぬ。否、君は海賊であったのだ。今こそ君はそこへ帰る。それとも帰れぬと君はいうのか。」

殺人者は黙っていた。とめどもなく涙がはふり落ちた。

他者との距離。それから彼は遁れえない。距離がまずそこにある。そこから彼は始まるから。

距離とは世にも玄妙なものである。梅の香《か》はあやない闇のなかにひろがる。薫こそは距離なのである。しずかな昼を熟《う》れてゆく果実は距離である。なぜなら熟れるとは距離だから。

年少であることは何という厳しい恩寵であろう。まして熟しうる機能を信ずるくらい、宇宙的な、生命の苦しみがあろうか。

風のためにむこうの繁みが光る。風が身近に来たときは繁みは曇っている。風はそのようにしてわれらの心のうえを次々と超えるであろう。世界が輝きだすのはそういう刹《せつ》那《な》である。

花が咲くとは何。秋のすがれゆく日ざしのなかで日ましにうつろいつつある一輪の菊が、なぜ全けく、なぜ輪郭をもつのか。なぜそれは動かしがたいか。なぜそれは崩壊の可能性にみちているか。そして、なぜそれは久遠でありうるか。

海賊に向かって、限界なきところに久遠はないのだ。と言ってみたとて何になろう。ために殺人者の涙は拭われはせぬ。そんなことでは拭われない。

一つの薔薇が花咲くことは輪廻の大きな慰めである。これのみによって殺人者は耐える。彼は未知へと飛ばぬ。彼の胸のところで、いつも何かが、その跳躍をさまたげる。その跳躍を支えている。やさしくまた無情に。あたかも花のさかりにも澄み切った青さをすてない あの萼《うてな》のように。それは支えている。花々が胡蝶のように飛び立たぬために。

海賊よ、君は雲雀山《ひばりやま》の物語をきいたか。花を售《う》らんがための佯狂《ようきょう》に、春たけなわの雲雀山をさまよう中将姫の乳人《めのと》の物語は、たとしえもなく美しい。花を售ろう、海賊よ。そのために物憂げな狂者の姿を佯《いつわ》ろう。

□月□日

肺癆《はいろう》人を殺害。その蟹の骨に似た肋骨を、その青みどろのような脳髄を、その胡桃《くるみ》の殻《から》の内側のような頑《かたく》なな耳を、私はかねがね憎んでいた。しかし今、それらは私を頰笑《ほほえ》ませる。何というユウモアである。何という洒落《しゃらく》な表現である。肺病人の「あなたまかせ」は。彼らの暗黒時代風な処世術は。

そこでは原始人が一番文明人にちかい。昼は夜とそっくりである。彼らには殺されるのすら（「夜の貴族」の末裔は死に対するエレガンスを心得ている。彼らには殺されるのすらおおきな敬意のしるしと思われた。）

こうした生き方——松島の沙《いさご》づたいにしずかに退《ひ》いてゆく潮《うしお》のような生き方は、かつてもっと花やかに荘厳《しょうごん》されていたのであった。螺鈿《らでん》が今や剝《は》がれおちる。このとき夜のうら側に昼とはちがったあるみしらぬ時刻が閃めくのを、誰ひとりみたものはなかったのか。

無為の美しさを学び知るには覇者の闊達が要るのである。死せる室町の将軍たちは蒔《まき》絵《え》のような夜と戦いながら蒔絵のような無為のなかで睡った。流れるものが小止《おや》みなく緊張する。それこそは無為である。熟るる歩みを知るのは無為あるばかりだ。天然のつねにはかくされた濃淡を、覚りうるのは。……

そこでは投身の意志さえも候鳥《こうちょう》のように闊達だから、意志は憧れとしかみえないと、言った人はなかったのか。

春の小鳥が桜さく高欄にきて啼くときに、雲の去来のいつもより激しくなるときに。

……夏が訪れ雲はしずかに炎え、やがて秋、豊けさを支える季節に。……鎧を着て傷つかぬものは鎧だけだと、誰ひとり呟いたものはなかったのか。殺人者はうたうであろう。君たちは怯惰である。君たちは怯惰である。君たちは怯惰である。君たちを勇者という。

□月□日

殺人者は理解されぬとき死ぬものだと伝えられる。理解されない密林の奥処《おくが》でも、小鳥はうたい花々は咲くではないか。使命、すでにそれがひとつの弱点である。意識、それがすでにひとつの弱点なのだ。こよなくたおやかなものとなるために、殺人者は自《みずか》らこよなくさげすんでいるこれらの弱点に、奇妙な祈りをささげるべき朝をもつであろう。

編者解題

井上明久

日本文学史上、作家という人種はそれこそ浜の真砂《まさご》が尽きぬほどに沢山いるが、「スタア」と呼ばれて少しもおかしくないのは、その中で三島由紀夫、唯ひとりであろう。そしてこのことは、確実に空前であり、ほとんど絶後であるに違いない。

作家にしてスタアとは……。紫式部、西鶴、いやいや。鷗外、漱石、荷風、ちょっと。谷崎、芥川、川端、まだまだ。ひょっとして、太宰治。そう、太宰ならもしかしてスタアになった可能性が微かにあったような気がする。だから、まだ学生だった若き三島が太宰に面と向かって「僕は太宰さんの文学がきらいなんです」と言ったのも、自分の未来を脅かす血縁的同族の臭いを感じとっての反撥と敵愾心からだったかもしれない。けれど、あの太宰にしてもなお、文学的な余りに文学的な世界の住人であり、そこを乗り越えて外なる異境へと侵入するほどに野心家ではなかった。

元来、演劇や映画の俳優あるいは歌手といった芸能の世界において一般的である「スタア」とは、どんな宿命を荷なった人間なのか。まずは若い鮮烈なデビュー。若ければ若いほど良く、十代がベストである。無論、光り輝やく大空の星のような、きらびやかな才能がなければならない。それも、なるべくパッと目につきやすい、華麗で奔放な才能が。それから、一般の人間が動いている軌道を、時々大胆に踏み外《はず》す必要がある。スタアが自分達と同じであっては興醒めなのだ。つまりは、スキャンダラスな行動。また、人の死に対して甚だ不道徳なことだが、スタアの始まりが若さなら終りも若さであることが相応《ふさわ》しい。夭折という悲劇がそのスタア性をより不動のものにする。そして、そうしたスタアを生み出すそもそもの土壌となるのが、無数の欲望が仮託の対象を求めて蠢《うごめ》いている、広汎に発達した大衆社会の存在である。スタアは本人だけではなれない。その人をスタアにする状況があって初めてなれるのだ。

三島は十二、三歳の頃から作品を発表し始め、すぐに天才の名を恣《ほしいまま》にし、十九歳にしてすでに最初の著書を持つという早熟さでその文学的生涯をスタートさせる。そして、若さに似ぬほとんど完成の域に達した、豊饒な語彙と絢爛たる美文は逸早《いちはや》く人々の注目するところとなる。確かに、それまでのくすみ、泥《なず》み、淀みがちな文学の世界には絶えてなかった類《たぐい》の、派手やかで動きの激しい才能がそこにはあった。三島はまた、スキャンダルにも事欠かない。「憂国」や「英霊の聲」などの作品それ自体が世間を騒がせもしたし、およそ作家には不釣合いな行動で次々と人々の好奇心を引きつけたりもした。そして、三島が活躍した戦後から一九七〇年にかけては、日本の歴史上、最も大衆社会が活々《いきいき》とした動向で成長しつづけた時代であった（因《ちな》みに、それが余りにも大きくなりすぎて拡散してしまった現在では、かえってスタアは生まれにくなっている)。

こうして、三島自らが意図し欲望したいくつかの必然と、時代と状況がもたらした何らかの偶然によって、「作家にしてスタア」という未だ誰も分け入ったことのないけもの道を歩くことが、カインの額《ひたい》に刻印された逃れられぬ掟のように、三島の文学的生涯に宿命づけられたのだ。そうなればもう、三島が望むと望まぬとに関わらず、その道を突き進んで行くことしか出来ない。より多く神に愛されたものは、より多く神に還さねばならないのだから。それを悲劇と呼ばずに何と言おう。

ボディ・ビルで筋肉をつけようが、ボクシングをやろうが、神輿《みこし》をかつごうが、キンキラキンの家を建てようが、映画に出ようが、自衛隊の訓練を受けようが、それらのひとつひとつが如何に〝作家的なるもの〟とはかけ離れたアクロバティックな蛮行に映ろうが、三島はどこからどこまで文の人であった。つきつめれば、文章からだけ出来た人であった。

このことは本来、作家として最も望むべき、名誉なことであるはずだ。何故なら作家とは、ただ只管《ひたすら》、文章を創り出すことに血道を上げる人種だからである。そう、彼がもし普通一般の作家ならば。けれど、三島は違う。作家にして、スタアなのだから。

スタア性とは悲劇性の別名に他ならない。三島がスタアであることを万全に証明するためには、何かが待ち受けていなければならなかった。確かに、夭折というには四十五歳はいささか薹《とう》が立っていると言えなくもない。しかしその何かは、それを補って余りある、反時代的で壮絶な、つまりスタアという名に必然的な死ではなかったろうか。

美しく輝やく星の光りが人々の瞳に到達する時、実はその星はすでに已れの生命を終えているのだという。ならば、スタアと呼ばれる人間もまた、人々の前にその姿を現わした時には、すでに已れの死を完了している存在なのかもしれない。

本文庫に収めた作品は、三島の数多い、そして多彩な短篇群の中からミステリ的要素の濃いものを選んだ。三島にとってミステリは無縁なものではなかった。ミステリ小説の最も重要な主題である犯罪と殺人は、三島にとっても又、最も重要な主題であったのだから。

「サーカス」――『進路』昭和23年1月
この作品の執筆前後、三島は人生の岐路に立っていた。前年の9月、東大法学部卒業と同時に大蔵省に勤務する。この年の6月、太宰治が自殺。職業作家の道をとるべきか官吏の職にとどまるべきか、ずっと思い悩んでいた三島は、入省して一年後の9月、創作に専念するために大蔵省に辞表を出すことになる。「サーカス」は、酷薄で残忍な団長に、純粋で無垢な少年と少女を配した、メルヘン的な美しい小品である。
「毒薬の社会的効用について」――『風雪』昭和24年1月
動物園においてしか社会意識が感じられなくなったX氏は、その病的な観念を抹殺するべく毒薬を用いて動物達を殺そうとするが、それに失敗する。その後、毒薬のおかげでX氏は社会的人間として功なり名を遂げる。七十五歳になったX氏は、一生肌身を離さなかった毒薬ももはや不要となり、その捨て場所に難渋した挙句、やっとみつけた最も社会に役立つ場所とは一体……。

「果実」――『新潮』昭和25年1月

私立の音楽学校に通う逸子と弘子は、共同生活を始めて約半年後、二人の愛が梗塞された飽和状態になっていることに気がつく。その時、霊感めいた一つの奇想が二人の心に同時に生まれる。「赤ちゃんが欲しい」。夏休みの最初の日、赤ん坊を手に入れた二人は、その子をただ夢中で愛しつづける。夏が終ろうとする頃、赤ん坊は消化不良で死ぬ。残された二人は……。夏の劇《はげ》しい陽盛りの中に、レスビアニズムの「終りなき愛」の果てを描いた作品。

「美神」――『文芸』昭和27年12月

十年前にローマ近郊でアフロディテの像を発掘したR博士は、一瞬にしてその魅力の虜となり、何とかしてその美を自分だけのものに独占したいと願った末、自分とアフロディテ以外は誰も知らぬ、ある個人的な秘密を頒ち持つ。それは、実際の像よりも三センチ高い二・一七メートルとして世間に公表することだった。やがて、死に瀕した博士は、その事実を打明け、目の前で実際に像の高さを測定させるのだが……。

「花火」――『改造』昭和28年9月

ある日「僕」は、自分とそっくりの男から奇妙なアルバイトを紹介される。両国花火の夜、運輸大臣の岩崎が料亭に着いたら、彼の顔をじいっと見つづけろ。そうすれば御祝儀が入るから、それを山分けにしようという。合点のいかない話だが言われた通りにやってみると、大臣は恐怖で色を失う。そして、金も手に入る。「他人の空似」という設定を使った一種の不思議小説。背景となる隅田川や料亭や花柳界の情景が、簡潔だが実に印象的に描き出されている。

「博覧会」――『群像』昭和29年6月増刊

主人公の名前が決まり、二、三枚書き出しその後がつづかず放棄してしまう。作家なら誰でも経験のあるそんな話題から稿を起こす本作は、小説の主人公が作者である「私」に乗り移り、さまざまな行動をとった後、「私」から離れて人ごみの中へ姿を消してゆくという幻想小説的な趣きの作品であると同時に、小説家の内幕小説とも読める。また、小説の主人公の名は少し俗な方がいいと言い、その意味でこれはなかなか気に入っていると作者が記す本作の主人公の名前、大庭貞蔵《ていぞう》には、どこか、太宰の名作『人間失格』の主人公のそれ、大庭葉蔵《ようぞう》を思わせるところがありはしないか。

「復讐」――『別冊文藝春秋』昭和29年7月

近藤虎雄はかつて部下の倉谷に戦犯の罪を押しつけて、日本に帰って来た身であった。これを知った倉谷の父・玄武は、一家を皆殺しにするという手紙を送りつづけてくる。復讐の恐怖に怯える近藤家に、ある日、「玄武死す」の電報が届く。一瞬の安堵も束の間、新たな疑心暗鬼が一家を覆う……。

「水音」――『世界』昭和29年11月
かつて女狂いで母を死に追いやり、今は脳を患っている父。まだ若いのに病魔に冒されている娘。心やさしいが稼ぎのない長男。この兄妹は恋人同士のように仲がいい。やがて父が死ぬ。その深夜、何かをしきりに洗う水の音が聞こえてきたのにはどんな理由があったのか。貧困と病気という三島には珍しい題材を扱った作品。

「月澹荘綺譚」――『文藝春秋』昭和40年1月
かつて伊豆下田の突端に大沢侯爵の別荘「月澹荘」があったが、四十年前に焼失した。その二代目当主だった照茂は、自分では何ひとつ行動せず、必ず人に命じてやらせ、それをただじっと見ている男だった。この照茂を軸に、若く美しい新妻、別荘番の若者、白痴の村娘が織りなす、ある夏の悲劇。そしてそこには、その前年の夏の出来事が隠されていた。愛の不能を「只管《ひたすら》に見つめる目」によって描き出す、いかにも三島らしい作品。

「孔雀」――『文學界』昭和40年2月
遊園地で二十七羽の孔雀が殺され、その嫌疑が富岡にかけられる。彼は近くに住んでいて、これまでしばしば孔雀を何時間も眺めていたからである。富岡家を訪れた刑事は、応接間の壁にかけられた写真の中の類のないほどの美少年と、目の前に現われた四十五歳とも思えぬほどに荒廃した男が同一人物であることに驚かされる。やがてそれは野犬の仕業ということになるが、必ず人間のやったことだと確信する富岡は刑事と一緒に囮捜査に加わる。深夜、犬を引きつれて近づいて来た男の正体は……。美は殺戮されねばならぬ、そうすることによってのみ美は完成するという、三島文学の根底をなす美学が象徴的に描かれている。

「朝の純愛」――『日本』昭和40年6月

良輔と玲子は二十三歳と十八歳の時に出会い、五十歳と四十五歳になる現在まで、初めて互いを知った遠い昔の至福の愛をずっと保ちつづけている。けれどそのためには想像力や演技などの工夫が施されねばならない。そしてある時から他人の存在を利用することを始める。ある若い男女を利用した翌朝、五月の黎明の空気の中で露台に立った夫婦は、若く美しく純な接吻を果てしなく交わすのだが、その時……。自然と人工、無垢と技巧、現実と観念、三島にとって美は無論、後者にある。

「中世に於ける一殺人常習者の遺せる哲学的日記の抜粋」――『文芸文化』昭和19年8月

本文庫収録作品の中で唯一戦前に書かれたもので、三島十九歳の作品。室町幕府二十五代将軍足利義尚の殺害をはじめ、貴賤、老若、男女を問わず次々と殺しつづける男の日記体小説。文中にある、「ただ花が久遠《くおん》に花であるための、彼は殺人者になったのだった」の一句は、三島を考える時、繰り返し還ってゆくところとなるだろう。ある意味で、三島は十九歳にしてすでに完成していたのかもしれない。

この作品は一九九八年に弊社より刊行された『文豪ミステリ傑作選　三島由紀夫集』（河出文庫）を改題の上、復刊したものです。

本文中、今日からみれば不適切と思われる表現がありますが、書かれた時代背景と作品価値とを鑑み、そのままとしました。

復讐《ふくしゅう》

三《み》島《しま》由《ゆ》紀《き》夫《お》×ミステリ

一九九八年八月　四日　初版発行
二〇二二年五月一〇日　新装改題版初版印刷
二〇二二年五月二〇日　新装改題版初版発行

著　者　三《み》島《しま》由《ゆ》紀《き》夫《お》
発行者　小野寺優
発行所　株式会社河出書房新社
〒一五一-〇〇五一
東京都渋谷区千駄ヶ谷二-三二-二
電話〇三-三四〇四-八六一一（編集）
〇三-三四〇四-一二〇一（営業）
https://www.kawade.co.jp/

ロゴ・表紙デザイン　粟津潔
本文フォーマット　佐々木暁
印刷・製本　中央精版印刷株式会社

Printed in Japan　ISBN978-4-309-41889-6

英霊の聲

三島由紀夫 40771-5

繁栄の底に隠された日本人の精神の腐敗を二・二六事件の青年将校と特攻隊の兵士の霊を通して浮き彫りにした表題作と、青年将校夫妻の自決を題材とした「憂国」、傑作戯曲「十日の菊」を収めたオリジナル版。

血と薔薇コレクション 1

澁澤龍彦〔責任編集〕 40763-0

一九六八年に創刊された、澁澤龍彦責任編集「血と薔薇」は、三島由紀夫や稲垣足穂、植草甚一らを迎え、当時の最先端かつ過激な作品発表の場となった。伝説の雑誌、初の文庫化！

澁澤龍彦 日本作家論集成 下

澁澤龍彦 40991-7

吉行淳之介、三島由紀夫、さらには野坂昭如、大江健三郎など、現代作家に至るまでの十七人の日本作家についての批評集。澁澤の文芸批評を網羅する文庫オリジナル集成。

日本怪談集　取り憑く霊

種村季弘〔編〕 41675-5

江戸川乱歩、芥川龍之介、三島由紀夫、藤沢周平、小松左京など、錚々たる作家たちの傑作短篇を収録。科学では説明のつかない、掛け値なしに怖い究極の怪談アンソロジーが、新装版として復刊！

太宰治の手紙

太宰治　小山清〔編〕 41616-8

太宰治が、戦前に師、友人、縁者などに送った百通の手紙。井伏鱒二、亀井勝一郎、木山捷平らへの書簡を収録。赤裸々な、本音と優しさとダメさかげんが如実に伝わる、心温まる一級資料。

愛と苦悩の手紙

太宰治　亀井勝一郎〔編〕 41691-5

太宰治の戦中、戦後、自死に至るまでの手紙を収録。先輩、友人、後輩に。含羞と直情と親愛。既刊の小山清編の戦中篇と併せて味読ください。

太宰よ！ 45人の追悼文集

河出書房新社編集部〔編〕 41614-4

井伏鱒二の弔辞をはじめ、坂口安吾、檀一雄、石川淳、田中英光ら同時代の作家や評論家、編集者、友人、家族など四十五人の追悼文を厳選収録。太宰の死を悼み、人となりに想いを馳せる一冊。

見た人の怪談集

岡本綺堂 他 41450-8

もっとも怖い話を収集。綺堂「停車場の少女」、八雲「日本海に沿うて」、橘外男「蒲団」、池田彌三郎「異説田中河内介」など全十五話。

第七官界彷徨

尾崎翠 40971-9

「人間の第七官にひびくような詩」を書きたいと願う少女・町子。分裂心理や蘚の恋愛を研究する一風変わった兄弟と従兄、そして町子が陥る恋の行方は？　忘れられた作家・尾崎翠再発見の契機となった傑作。

琉璃玉の耳輪

津原泰水　尾崎翠〔原案〕 41229-0

３人の娘を探して下さい。手掛かりは、琉璃玉の耳輪を嵌めています——女探偵・岡田明子のもとへ迷い込んだ、奇妙な依頼。原案・尾崎翠、小説・津原泰水。幻の探偵小説がついに刊行！

復員殺人事件

坂口安吾 41702-8

昭和二十二年、倉田家に異様な復員兵が帰還した。その翌晩、殺人事件が。五年前の轢死事件との関連は？　その後の殺人事件は？　名匠・高木彬光が書き継いだ、『不連続殺人事件』に匹敵する推理長篇。

心霊殺人事件

坂口安吾 41670-0

傑作推理長篇「不連続殺人事件」の作家の、珠玉の推理短篇全十作。「投手殺人事件」「南京虫殺人事件」「能面の秘密」など、多彩。「アンゴウ」は泣けます。

日影丈吉傑作館

日影丈吉　41411-9

幻想、ミステリ、都市小説、台湾植民地もの…と、類い稀なユニークな作風で異彩を放った独自な作家の傑作決定版。「吉備津の釜」「東天紅」「ひこばえ」「泥汽車」など全13篇。

黒死館殺人事件

小栗虫太郎　40905-4

黒死館を襲った血腥い連続殺人事件の謎に、刑事弁護士法水麟太郎がエンサイクロペディックな学識を駆使して挑む。本邦三大ミステリの一つ、悪魔学と神秘科学の一大ペダントリー。

二十世紀鉄仮面

小栗虫太郎　41547-5

九州某所に幽閉された「鉄仮面」とは何者か、私立探偵法水麟太郎は、死の商人・瀬高十八郎から、彼を救い出せるのか。帝都に大流行したペストの陰の大陰謀が絡む、ペダンチック冒険ミステリ。

人外魔境

小栗虫太郎　41586-4

暗黒大陸の「悪魔の尿溜」とは？　国際スパイ折竹孫七が活躍する、戦時下の秘境冒険ＳＦファンタジー。『黒死館殺人事件』の小栗虫太郎、もう一方の代表作。

法水麟太郎全短篇

小栗虫太郎　日下三蔵〔編〕　41672-4

日本探偵小説界の鬼才・小栗虫太郎が生んだ、あの『黒死館殺人事件』で活躍する名探偵・法水麟太郎。老住職の奇怪な死の謎を鮮やかに解決する初登場作「後光殺人事件」より全短篇を収録。

紅殻駱駝の秘密

小栗虫太郎　41634-2

著者の記念すべき第一長篇ミステリ。首都圏を舞台に事件は展開する。紅駱駝氏とは一体何者なのか。あの傑作『黒死館殺人事件』の原型とも言える秀作の初文庫化、驚愕のラスト！